Charlotte Kerner

Lise, Atomphysikerin

Charlotte Kerner

Lise, Atomphysikerin

Die Lebensgeschichte der Lise Meitner

BELTZ
& Gelberg

Charlotte Kerner, geb. 1950 in Speyer, studierte Volkswirtschaft und Soziologie in Mannheim. Daran schlossen sich jeweils einjährige Studienaufenthalte in Kanada und China an. Nach Deutschland zurückgekehrt, schrieb sie zusammen mit einer Sinologin ein Buch über ihre Erfahrungen in China. Heute arbeitet sie als freie Journalistin.
Im Programm Beltz & Gelberg erschien bisher von Charlotte Kerner »Kinderkriegen – Ein Nachdenkbuch«.

Lektorat Susanne Härtel

2. Auflage, 1987
 Programm Beltz & Gelberg, Weinheim
Einband und Reihenlayout von Willi Glasauer, Frankreich
Gesamtherstellung Druckhaus Beltz, 6944 Hemsbach über Weinheim
Printed in Germany
ISBN 3 407 80664 7

Inhalt

Ganz höhere Tochter 9
Kindheit und Jugendzeit in Wien
1878–1901

Wird es mir gelingen, eine Wissenschaftlerin zu werden? 17
Studium und erste Forschungsarbeiten in Wien
1901–1907

Die unbeschwertesten Jahre 25
Die ersten Berliner Jahre,
das Team Lise Meitner/Otto Hahn in der Holzwerkstatt,
Studentin und Assistentin von Max Planck
1907–1912

Physikerin ohne jedes böse Gewissen 38
Am Kaiser-Wilhelm-Institut Berlin, der Erste Weltkrieg,
Entdeckung eines neuen Elementes,
Ende der Zusammenarbeit mit Otto Hahn
1912–1920

Das Werden einer Wissenschaftlerin 60
Professorentitel, wissenschaftliche Erfolge
und erste Auszeichnungen
1920–1933

Die Jüdin gefährdet das Institut 73
Beginn des Nationalsozialismus,
Entzug der Lehrbefugnis,
das Team Hahn-Meitner-Straßmann,
der Anschluß Österreichs und Fluchtvorbereitungen
1933–1938

... aber es ist Wirklichkeit 83
Flucht nach Stockholm,
Entdeckung der Kernspaltung in Berlin,
Lise Meitners Deutung
1938–1939

Als ob ich in der Wüste lebte 95
Im Stockholmer Exil, Zweiter Weltkrieg
1939–1945

Ich selbst habe nicht an der Atombombe mitgearbeitet 102
Hiroshima und Nagasaki,
schrecklicher Ruhm und erste Amerikareise,
Nobelpreisverleihung an Otto Hahn
1945–1946

Bei mir sind die Gefühle etwas gemischter Art 112
Distanz zu Nachkriegsdeutschland,
Anerkennung und Ehrungen,
Lebensabend in Cambridge
1946–1968

Exkurs
Ich fürchte, sie gelingt doch 127
Zur Geschichte der Atombombe
1939–1945

Ehrungen und Preise von Lise Meitner 132

Quellenverzeichnis 134

»Ich glaube, daß sich alle jungen Leute versuchen vorzustellen, wie ihr Leben einmal aussehen soll. Wenn ich das in meiner Jugendzeit tat, kam ich immer zu dem Schluß: Das Leben muß nicht leicht sein, wenn es nur inhaltsreich ist. Und dieser Wunsch ging in Erfüllung.«

Lise Meitner

Ganz höhere Tochter

Kindheit und Jugendzeit in Wien
1878–1901

Ihr drittes Kind wird am 17. November 1878 geboren. Es ist wieder ein Mädchen. Elise nennen es der Wiener Rechtsanwalt Dr. Philipp Meitner und seine Frau Hedwig, geborene Skovran. Zwischen dem kaiserlich-königlichen Augarten und dem Praterstern der Hauptstadt des Österreichischen Kaiserreiches liegt das Geburtshaus von Elise Meitner, die Nummer 27 in der Kaiser-Josefs-Straße. Der deutsche Dichter Heinrich Heine gibt heute der Straße ihren Namen.
Im Jahre 1878 dreht sich das Riesenrad noch nicht, und Kaiser Franz Joseph I. regiert seit dreißig Jahren die österreichisch-ungarische Monarchie. Die Geburt von Elise Meitner ist festgehalten im Geburtenregister der israelitischen Kultusgemeinde Wien, denn Elises Vater und Mutter hatten beide einen jüdischen Elternteil. Nach Elise kommen noch fünf weitere Kinder auf die Welt. Trotz der angesehenen Rechtsanwaltskanzlei des Vaters leben die Meitners sparsam, fünf Mädchen und drei Jungen müssen schließlich groß werden.
Philipp Meitner ist Freidenker. Seine Kinder erzieht er nicht im jüdischen Glauben, sie besuchen den evangelischen Religionsunterricht. Das ist im Wien der Gründerzeit nichts Besonderes. Viele jüdische Familien, die als Ärzte oder Juristen zum gehobenen Bürgertum zählen, praktizieren den jüdischen Glauben nicht. Auch Elise wird protestantisch erzogen. Sie hat ihre jüdische Abstammung jedoch nie verleugnet. Und es wird diese Abstammung sein, die dem Leben von Elise Meitner fast 60 Jahre nach ihrer Geburt eine Wende geben soll, an der sie fast zerbricht.
Davon ahnt die kleine Elise noch nichts. Sie wächst in einer glücklichen Familie auf. In dem eng verbundenen Geschwisterkreis fühlt sie sich aufgehoben. Sie steht ein wenig unter dem Kommando der zwei älteren Schwestern, doch sie hat ja die

kleineren Geschwister, um die sie sich liebevoll kümmert. Gern erinnert sie sich später an ihre Kindheit.

In der großen Familie steht Elise genau in der Mitte. Dadurch lernt und übt sie Verhaltensweisen, die auch ihr späteres Leben prägen. Zum einen kann sie sich unterordnen, wenn sie jemanden respektiert. Als Kind sind das die älteren Geschwister und besonders der Vater als Familienvorstand, später ihre naturwissenschaftlichen Lehrmeister. Zum anderen lernt sie, sich zu behaupten und durchzugreifen. Als Kind hält sie die kleineren Schwestern und Brüder zusammen, als erwachsene Frau führt sie ihre Studenten »wenn nötig mit eiserner Hand«, beobachtet ihr Neffe Otto Robert Frisch.*
Elise wird in einer Zeit groß, die der österreichische Schriftsteller Stefan Zweig so beschreibt:

»Es war das goldene Zeitalter der Sicherheit. Alles in unserer fast tausendjährigen österreichischen Monarchie schien auf Dauer gegründet ... Man lebte gut, man lebte leicht und unbesorgt in jenem alten Wien, und die Deutschen im Norden sahen etwas ärgerlich und verächtlich auf uns Nachbarn an der Donau herab, die statt ›tüchtig‹ zu sein und straffe Ordnung zu halten, sich genießerisch leben ließen, gut aßen, sich an Festen und Theatern freuten und dazu vortreffliche Musik machten. Leben und leben lassen, war der berühmte Wiener Grundsatz.«

In diesem Wien der Operetten, Walzer und Kaffeehäuser wird im Lauf der Zeit aus der Elise die »Lise« Meitner. Ihre Brüder und Schwestern geben ihr den Kosenamen Wuzerl. Im Wiener Dialekt bedeutet das Stäubchen oder Staubkorn. Die kleine und zierliche Lise ist ein dunkler Typ. Ihre langen braunen Haare steckt sie am Hinterkopf zusammen, die dunkelbraunen Augen blicken nachdenklich. Die vollen Lippen des jungen, etwas pausbackigen Mädchens sind zu einem leicht schiefen Mundausdruck verzogen, halb lächelnd, halb traurig. Eine ihrer besten Freundinnen beschreibt sie als ein stilles Kind, dessen frühes Interesse an

* *Otto Robert Frisch* (1904–1979) war der Sohn von *Lise Meitners* älterer Schwester Auguste und selbst ein bekannter Physiker. Sein Leben hat sich oft mit dem *Lise Meitners* gekreuzt, er ist ein wichtiger Zeuge ihrer Lebensgeschichte.

mathematischen und physikalischen Fragen sie oft den praktischen Dingen des Alltags unsicher gegenüberstehen ließ. »Es steht nicht im Physikbüchl«, sagen dann die Geschwister zu ihr.
Bereits als Schulkind fesseln Lise naturwissenschaftliche Erscheinungen. Eines Tages beobachtet sie das Farbenspiel auf einer öligen Wasserpfütze. Woher kommen diese wundervollen Farben? Die Erklärung, die Lise erhält, beeindruckt sie nachhaltig. Von da an fragt sie häufiger nach, wenn sie etwas Unbekanntes in der Natur sieht und entdeckt.
Lise besucht fünf Jahre lang die Volksschule, dann drei Jahre eine Bürgerschule am Czernin-Platz Nr. 3. Die Bürgerschule vermittelt eine Bildung, die über das Lehrziel der allgemeinen Volksschule hinausgeht – für Schüler, die eine Mittelschule oder ein Gymnasium nicht besuchen. In Lises Fall muß es richtiger heißen, nicht besuchen dürfen. Denn sie ist ein Mädchen, und denen ist der Zugang zu den höheren Lehranstalten noch nicht gestattet.
Am 15. Juli 1892 hält Lise das Jahreszeugnis der Klasse III der Bürgerschule in Händen. Es ist gleichzeitig ihr Entlassungszeugnis. Sie sieht fünfmal ein »sehr gut«, sechsmal ein »gut«, und ihr sittliches Betragen war »vollkommen entsprechend«. Trotz dieses guten Zeugnisses keine Möglichkeit, weiter zu lernen und zu studieren? Die Vierzehnjährige und ihre Eltern reden über die Zukunft. Hat sie damals bereits gesagt, daß sie studieren will? Es ist anzunehmen, denn Lise erzählt später:

»Obwohl ich mich schon in frühen Jahren sehr stark zur Mathematik und Physik hingezogen fühlte, konnte ich mein Leben nicht gleich dem Studium widmen. Das hing zum Teil mit den Vorstellungen zusammen, die damals zur Frauenbildung existierten, und zum Teil mit den besonderen Umständen in meiner Heimatstadt Wien. So verlor ich einige Jahre.«*

In diesen »verlorenen« Jahren bereitet sich Lise auf ihr Examen als Französisch-Lehrerin vor. Das hat sie zusammen mit den

* Übersetzung der Verf.
Lise Meitner hat einige Artikel und Reden in englischer Sprache verfaßt oder veröffentlicht und Interviews in Englisch gegeben. Alle Zitate, die ich selbst aus dem Englischen übersetzt habe, werden immer als »Übersetzung der Verf.« gekennzeichnet.

Eltern beschlossen, zur Sicherheit. Denn wenn ihre großen Pläne scheitern sollten, könnte sie sich immer noch mit Sprachunterricht selbst ernähren. Lise Meitner fühlt sich außerdem verpflichtet, zu dem Familieneinkommen beizutragen. Mit Privatstunden verdient sie etwas Geld, und mit ihrer finanziellen Unterstützung wird ihre Schwester Auguste, Gustl genannt, zur Komponistin ausgebildet.

Was aber sind ihre großen Pläne? Lise will in Privatkursen den Abiturstoff erlernen, um dann an einem Gymnasium eine sogenannte externe Matura abzulegen, eine Art Schleichweg für studierwillige Frauen, die seit 1899 in Österreich offiziell die Universitäten besuchen dürfen. Vater und Mutter unterstützen Lises Wunsch ohne Einschränkung und haben nichts dagegen, daß ihre Tochter einen Beruf anstrebt, der für eine Frau ungewöhnlich ist. Wenn sie Naturwissenschaftlerin werden will, dann soll sie doch. Besonders der Vater, zu dem sich Lise sehr hingezogen fühlt, glaubt an ihre Fähigkeit und ihre Intelligenz. Die Eltern vermitteln ihrer Tochter mit dieser Haltung eine Sicherheit, ein Selbstvertrauen, das sie auch bei widrigen äußeren Umständen im späteren Leben nie verliert. In ihrem tiefsten Innern ist sie überzeugt, daß sie etwas kann und daß sie Fähigkeiten hat. Und darauf ist sie stolz und wird es immer sein.

Die Familie unterstützt die Pläne von Lise still und unauffällig. Keiner posaunt ihre Abiturvorbereitung in die Welt hinaus. Dazu sind die gesellschaftlichen Widerstände noch zu groß.

Die Frauen der damaligen Zeit tragen umständliche, enge, hochgeschlossene Kleider, die sie ohne fremde Hilfe kaum anziehen können. Sie türmen mit vielen Klammern und Nadeln ihre Haare kunstvoll auf und befestigen darauf große Hüte. Diese einschnürende Mode ist Ausdruck der gesellschaftlichen Regeln, die Frauen in ihrer geistigen Entwicklung ein- und beschränken. Als junger Mann beobachtete Stefan Zweig die Mädchen am Ende des vergangenen Jahrhunderts:

»Eine Art leiser Verwirrung irritierte unablässig ihr ganzes Gehabe. Sie gingen anders als die Mädchen von heute, deren Körper gestählt sind durch Sport, die sich unbefangen und leicht unter jungen Männern als ihresgleichen bewegen ... Sie waren mehr Mädchen, als die Mädchen es

heute sind ... in ihrem Wesen der exotischen Zartheit von Treibhauspflanzen ähnlich, die im Glashaus in einer künstlich überwärmten Atmosphäre und geschützt vor jedem bösen Windhauch aufgezogen werden: Das kunstvoll gezüchtete Produkt einer bestimmten Erziehung und Kultur.
Aber so wollte die Gesellschaft von damals das junge Mädchen, töricht und unbelehrt, wohlerzogen und ahnungslos, neugierig und schamhaft, unsicher und unpraktisch, und durch diese lebensfremde Erziehung von vornherein bestimmt, in der Ehe dann willenlos vom Manne geformt und geführt zu werden.«

Lises Leben verläuft anders wegen der Toleranz und des Weitblikkes ihrer Eltern und wohl auch, weil Vater und Mutter ahnen, daß ihre Tochter kein Mädchen ist, das leicht einen Ehemann findet oder finden will, der für sie sorgt. Sie darf und muß einen Beruf erlernen. Auch ihre Schwestern ergreifen Berufe, drei von ihnen werden Komponistin, Ärztin und Chemikerin.
Doch Lise entspricht auch ganz dem Bild einer Frau aus der Zeit der k. k. Monarchie. Sie ist wohlerzogen, schamhaft, bescheiden und besonders in der Öffentlichkeit eher unsicher und scheu – bis ins hohe Alter hinein. Sie ist und bleibt eben auch immer »ganz höhere Tochter«, wie eine kleine Geschichte aus den Lebenserinnerungen Otto Hahns* zeigt:

»Ich erinnere mich, daß Lise Meitner einmal starke Sitz- und Gehbeschwerden hatte und offenbar große Schmerzen aushalten mußte; sie hatte, wie sie mir sagte, einen Furunkel am Fuß. Monate später sagte mir dann ein Bekannter: ›Die Lise Meitner hatte einen unangenehmen Furunkel an einer Stelle, die sie Ihnen wohl nicht genannt hat. Deshalb konnte sie so schlecht sitzen und hatte solche Schmerzen.‹ Es wäre auch wirklich ein medizinisches Wunder gewesen, wenn ein Furunkel am Fuß Sitzbeschwerden verursacht hätte.«

Für eine höhere Tochter aus dem kultivierten, bürgerlichen Milieu gehört es sich, Bescheid zu wissen über Kunst und Literatur. Lise kennt ihre Klassiker. Sie liebt »Freund Goethe«, und oft und gern zitiert sie aus seinen Werken. Sie beschäftigt sich mit Musik. Doch gibt ihr das Elternhaus mehr mit fürs Leben als das,

* Zu *Otto Hahn* siehe besonders Seite 28.

was zu einer guten Erziehung gerade notwendig ist. Hedwig Meitner soll ihre Kinder oft ermahnt haben: »Hört auf mich und euren Vater, aber denkt selbst.« Philipp Meitner zwingt seinen Kindern Literatur und Kunst nicht auf, er lehrt sie, die Musik zu verstehen. Sie besuchen Konzerte und musizieren zu Hause. Lise selbst spielt Klavier. Ihr Leben lang liebt sie die Musik über alles. Rechtsanwalt Dr. Meitner ist ein philosophisch und politisch interessierter, liberaler Mensch. Auch das prägt Lise. Von Haus aus interessiert sie sich für soziale Fragen, ihre Augen und ihr Herz sind für menschliche Not offen. Menschen, wie Lise sie mag, sollen in ihrem Beruf aufgehen, ohne Scheuklappen zu tragen, genau wie ihr Vater. Sie selbst wollte nie eine »Physikmaschine« werden.

Ab dem Jahr 1898 bleibt Lise wenig Zeit für Vergnügungen. Sie besucht zusammen mit zwei anderen Mädchen einen Privatkurs, um sich auf die strenge Abiturprüfung vorzubereiten. In nur zwei Jahren lernen die Mädchen – auch in den Fächern Griechisch und Latein – den Schulstoff von acht Jahren, »was gar nicht so leicht war«. Lise ist fleißig und zielstrebig, arbeitet konzentriert und viel. Ein Photo aus dem Jahre 1899 zeigt sie bei einem Besuch des Botanischen Gartens in Wien. Sie sieht blaß aus, um die Augen liegen dunkle Ringe.

Die Geschwister hänseln die fleißige Lise ab und an. Wenn sie einmal kein Buch in der Hand hält und nicht lernt, sagen sie ihr voraus, daß sie durch die Prüfung fallen wird. Lise bleibt wenig Zeit für Kleider oder Ähnliches. Ihr macht das nichts aus, sie ist nicht eitel und hat wenig Spaß, sich herauszuputzen und aufzufallen. Lise arbeitet zwar hart, doch der Unterricht macht ihr auch viel Freude.

Ihr Physik- und Mathematik-Lehrer Dr. Arthur Szarvasy, der später Professor für experimentelle Physik wird, begeistert sie besonders:

»Er hatte eine wirkliche Gabe, den Mathematik- und Physik-Lehrstoff in einer außergewöhnlich anregenden Weise darzustellen. Und manchmal war es ihm sogar möglich, uns im Institut an der Wiener Universität Geräte zu zeigen, was eine Seltenheit für privaten Unterricht war. Üblicherweise bekam man ja nur Zeichnungen und Kurven zu sehen, und ich muß zugeben, daß ich daraus häufig keine richtige Vorstellung von dem Aussehen der Geräte gewann. Heute amüsiert es mich, wenn ich an mein Erstaunen denke, mit dem ich einige Geräte zum ersten Mal ansah.«*

Der Lehrer bestätigt und bestärkt Lise in ihrem Wunsch, Naturwissenschaften zu studieren. Weil die Abiturprüfung darüber entscheidet, ob das möglich sein wird, ist ihr recht mulmig zumute, als sie im Sommer des Jahres 1901 das kaiserlich-königliche akademische Gymnasium zu Wien betritt. Das Knaben-Gymnasium am Beethoven-Platz erinnert an ein kleines Burgschloß. Wer durch eines der drei schweren Eingangsportale geht, findet sich in einer Eingangshalle wieder, die mit ihren Säulen und Deckenbögen aussieht wie ein Kirchenschiff. Vom efeubewachsenen Innenhof fällt Licht durch die bleiverglasten Fenster. Auf dem Steinboden hallen die Schritte, feierlich und ein wenig unheimlich zugleich. Vierzehn Mädchen sind zur Prüfung angetreten. Nur vier bestehen. Darunter die Tochter des Rechtsanwaltes Dr. Philipp Meitner und seiner Frau Hedwig. Sie kann endlich studieren, mit fast 23 Jahren! Am 11. Juli 1901 wird Elise Meitner das »Maturitäts-Zeugnis« ausgestellt.

In diesem Sommer des Jahres 1901 ist das zwanzigste Jahrhundert gerade ein halbes Jahr alt, das Atom-Zeitalter beginnt. Die Physik wird die Jahrhundertwissenschaft sein, und sie wird der Menschheit zum ersten Mal in der Geschichte Mittel in die Hand geben, mit denen sie sich selbst vernichten kann. Die Atombombe wird die Welt verändern.

Angefangen hat alles im Jahre 1895. Wie ein Wunder oder Zauberei erschien den Zeitgenossen, was Zeitungen aus der deutschen Stadt Würzburg meldeten. Ein Mann namens Wilhelm Röntgen** soll in einer Novembernacht Strahlen entdeckt haben, die Holz und Metall durchdringen! Strahlen, mit denen man in den Körper des Menschen hineinsehen kann! Ungläubig und begei-

* Übersetzung der Verf.

** *Wilhelm Conrad Röntgen* (1845–1923). Er erhielt den ersten Nobelpreis für Physik. Die nach ihm benannten Röntgenstrahlen bezeichnete er als X-Strahlen, weil ihre Natur noch unbekannt war.

stert starren die Menschen auf die erste Aufnahme einer Hand, in der die Knochen sichtbar sind.
Bald nach der Entdeckung der Röntgenstrahlen beobachtet der Franzose Henri Becquerel*, daß auch Uransalze »unsichtbare« Strahlen aussenden und eine photographische Platte schwärzen. Diese neue Erscheinung fasziniert eine Frau in Paris. In einem kleinen, gläsernen Versuchsraum im Erdgeschoß der Hochschule für Physik und Chemie experimentiert Marie Curie**, geborene Sklodowska, für ihre Doktorarbeit. Die Chemikerin stellt fest, daß Uransalze strahlen, gleichgültig ob sie trocken sind oder naß, klumpig oder pulverförmig. Die Strahlen rühren also nicht von chemischen Veränderungen, von Reaktionen her, die beispielsweise auch Wärme oder Licht freisetzen. Es ist etwas anderes, etwas Unbekanntes im Gange: Das Atom selbst strahlt. Diese kleinste Einheit birgt ein Geheimnis, zu dem noch kein Mensch vorgedrungen ist.
Zusammen mit ihrem Mann Pierre entdeckt Marie Curie im Jahre 1898 zwei neue Elemente, die diese Strahlen aussenden. Aus einer Tonne Uranerz-Rückstände gewinnen sie schließlich 0,1 Gramm einer bis dahin unbekannten Substanz. Dieses neue Element taufen sie Radium, das andere Polonium. Das Phänomen der Strahlung nennen sie Radioaktivität. Anfang des 20. Jahrhunderts sprechen Naturwissenschaftler zum ersten Mal von der »Atomenergie«.

* *Henri Becquerel* (1852–1908), französischer Physiker, erhielt 1903 den Physik-Nobelpreis zusammen mit dem Ehepaar *Curie*.
** Die aus Polen stammende *Marie Curie* (1867–1934) erhält 1911 den Chemie-Nobelpreis für die Entdeckung dieser beiden Elemente.

Wird es mir gelingen, eine Wissenschaftlerin zu werden?

Studium und erste Forschungsarbeiten in Wien 1901–1907

Das Meldungsbuch Nr. 15.316 ist das »des Studierenden Lise Meitner inscribiert in der Philosophischen Fakultät der k.k. Universität zu Wien«. Am 2. Oktober 1901 beginnt das Fräulein Meitner ihr Studium der Physik und Mathematik, Gebiete, zu denen in jener Zeit das Fach Philosophie einfach dazugehört. Sie hat mit der Physik ein Fach gewählt, von dem der berühmte deutsche Physiker Prof. Arnold Sommerfeld damals meint, am besten solle man neugierige Studenten vor dem Beginn ihres Studiums mit dem Hinweis warnen: »Achtung, Einsturzgefahr! Wegen radikalen Umbaus vorübergehend geschlossen!«
Lise Meitner ist stark beeindruckt von der neuen Gedankenwelt, die sich ihr an der Universität eröffnet. Sie empfindet Stolz und hat gleichzeitig ein wenig Angst vor der eigenen Courage:

»Für ein Mädchen war es zu dieser Zeit ja überhaupt ungewöhnlich, Vorlesungen zu besuchen. In dieser Zeit entwickelte sich das Frauenstudium in Wien gerade ..., aber ich wußte sehr wenig darüber. Ich muß gestehen, daß ich – sogar noch heute – nicht weiß, ob meine Universitätslehrer die Frauenausbildung unterstützten oder nicht. Alles was ich sagen kann, ist, daß ich sehr beunruhigt war, ob es mir gelingen würde, eine Wissenschaftlerin zu werden ...«*

In ihrem Meldungsbuch trägt sie im ersten Semester 25, im zweiten gar 36 Wochenstunden ein. Sie belegt wie die meisten Studienanfänger zu viele Wochenstunden. Im Sommer beginnen die Vorlesungen oft um sieben Uhr, im Winter eine Stunde später. Um die Mittagszeit ist Lise Meitner manchmal so müde, daß sie Angst hat, in der Vorlesung einzuschlafen und vom Stuhl zu rutschen.

* Übersetzung der Verf.

Die Lehrer ermutigten sie, kleine Ruppigkeiten von seiten der Kommilitonen nimmt sie gelegentlich wahr, doch manchmal streiten sich die Studenten auch um einen Sitzplatz neben den zwei Exotinnen. Außer ihr studiert noch eine Frau Physik, sie heißt Selma Freud.
Die Studentin Meitner stürzt sich als erstes auf die Mathematik; sie belegt Differential- und Integralrechnung bei Professor Geigenbauer. Im Sommersemester 1902 gibt er ihr die Arbeit eines italienischen Mathematikers. Seine Schülerin soll darin einen Fehler finden.

»Ich brauchte beträchtliche Unterstützung von ihm ..., und als er mir freundlicherweise vorschlug, daß ich die Arbeit unter meinem Namen veröffentlichen sollte, fand ich das nicht richtig, und unglücklicherweise verärgerte ich ihn damit für immer. Damals wurde mir jedoch klar, daß ich nicht Mathematikerin, sondern Physikerin werden wollte.«*

Lise Meitner nimmt es sehr genau mit der Wahrheit. Sich mit fremden Federn zu schmücken, lehnt sie ab, das ist unter ihrer Würde. Sie kann und will lieber etwas Eigenständiges leisten. Eine Haltung, die sie ihr Leben lang nicht aufgibt.
Im Anfänger-Praktikum von Anton Lampa experimentiert die angehende Physikerin zum ersten Mal. Die Apparate sind sehr primitiv, die Arbeitsbedingungen einfach. Als Lise Meitner Professor Lampa fragt, wo sie Eis für ein Experiment herbekommen kann, antwortet dieser schroff, sie müsse doch nur in den Hof runtergehen und Schnee hochholen.
Wenn ihr das Studium Zeit läßt, besucht Lise Meitner Opern- und Konzertaufführungen. Sie besorgt sich Karten für den »Olymp«. So nennen die Wiener die billigsten Sitz- und Stehplätze ganz hinten und ganz oben, direkt unter der Decke. Für Lise ist dieser »Olymp«, wo sich mehr die wahren Musikexperten und nicht die gewöhnlichen Konzertbesucher ein Stelldichein geben, wirklich ein musikalischer Himmel. Sie verfolgt die Aufführungen mal mit und mal ohne Partitur. Da sie nur knapp ein Meter fünfzig groß ist, hat sie in einigen Sälen Schwierigkeiten, vom »Olymp« aus einen

* Übersetzung der Verf.

Blick auf die Bühne oder das Orchester zu ergattern. Die Balustrade ist für sie zu hoch.

Die Familie Meitner ist inzwischen in die Eßling-Gasse Nr. 15 umgezogen, ein Viertel des ersten Stadtbezirkes mit hohen Häusern aus der Jahrhundertwende und vielen Textilgeschäften. Gleich um die Ecke ist der Wiener Donau-Kanal, der Franz-Josef-Quai und der Kaiserbad-Park. Der rund zwanzigminütige Fußweg ins Institut für theoretische Physik in der Türkenstraße Nr. 3 führt sie in die Börsengasse an der Börse vorbei. Sie überquert den Schottenring und läuft an den dicken Mauern der Roßauer-Kaserne entlang, die am Schlick-Platz liegt. Am Ende des Platzes biegt sie links in die Türkenstraße ein. Die Straße und die Gehwege mit dem Kopfsteinpflaster steigen sanft an. In der parallel laufenden Bergstraße hat Sigmund Freud, der Begründer der Psychoanalyse, seine Praxis. An den Fassaden hängen Geschäftsschilder wie »Erwin Engel, Werkzeugmacher« oder »Ignas Binder, Bürgerlicher Buchbinder, gegründet 1887«.
Das Haus in der Türkenstraße Nr. 3 hat eine schmucklose Fassade, zwischen dem ersten und zweiten Stock sitzen hervorspringende Erker. Dieses recht primitive, umgewandelte Wohnhaus beherbergt das Physikinstitut. Im Vorlesungssaal, der steil ansteigt, stehen die Bänke dicht an dicht. Der Eingang erinnert Lise Meitner an den Eingang zu einem Hühnerhaus. »Wenn hier ein Feuer ausbricht, kommen nur wenige von uns lebend heraus«, denkt sie manchmal während einer Vorlesung. Die Deckenbalken sind wirklich sehr morsch. Ein Studienkollege Lise Meitners bewahrte zur Erinnerung ein Stückchen eines solchen Balkens auf. Es sah aus, als wäre es von Termiten zerfressen. Weil die Baufälligkeit der Hörsäle bekannt ist, bringt die Wiener Zeitung folgende scherzhafte Notiz: »Wieder hat sich ein Student in das physikalische Institut in der Türkenstraße begeben; unglückliche Liebe soll das Motiv gewesen sein.«
An einem Oktobertag des Jahres 1902 macht sich Lise wie gewöhnlich auf den Weg in das Institut im neunten Bezirk der Stadt Wien. Ihr Motiv an diesem Oktobertag ist die Vorlesung Ludwig Boltzmanns, der bekannte Physiker hält seine Antritts-

vorlesung. Nachdem er zwei Jahre lang in Leipzig unterrichtet hat, kehrt der geniale Wissenschaftler jetzt auf seinen alten Lehrstuhl an der k. k. Universität zu Wien zurück.
Lise Meitner sieht einen »großen und schweren« Mann mit einem an den Seiten kurzgestutzten, langen Vollbart, der das Kinn energisch betont. Auf der breiten, etwas himmelwärts gerichteten Nase sitzt eine kleine Nickelbrille mit dicken Gläsern. Boltzmann gewinnt Lise gleich mit seiner Antrittsvorlesung für sich, die wie alle seine Vorlesungen lebhaft, klar, fesselnd, witzig, voll von Anekdoten, manchmal schalkhaft und manchmal derb-bissig ist. All diese Beschreibungen stammen von begeisterten Zuhörern.
Boltzmann schlägt in seiner Antrittsvorlesung einen Bogen von dem ersten Werkzeug, einem Knüppel in der Hand eines Orang-Utan, über die Erfindungen der Urmenschen in Bärenfellen und Schuhen aus Baumrinden bis hin zu der Frage:

»Ist die Menschheit durch alle Fortschritte der Kultur und Technik glücklicher geworden? In der Tat eine heikle Frage. Gewiß, ein Mechanismus, die Menschen glücklich zu machen, ist noch nicht erfunden. Das Glück muß jeder in der eigenen Brust suchen und finden.
Aber schädliche, das Glück störende Einflüsse hinwegzuschaffen, gelang der Wissenschaft und Zivilisation, indem sie Blitzgefahr, Seuchen der Völker und Krankheit der Einzelnen in vielen Fällen erfolgreich zu bekämpfen wußte. Sie vermehrte ferner die Möglichkeit, das Glück zu finden, indem sie uns Mittel bot, unseren schönen Erdball leichter zu durchschweifen und kennenzulernen, den Aufbau des Sternenhimmels uns lebhaft vorzustellen und die ewigen Gesetze des Naturganzen wenigstens dunkel zu ahnen. So ermöglicht sie der Menschheit eine immer weitergehende Entfaltung ihrer Körper- und Geisteskräfte, eine immer wachsende Herrschaft über die gesamte übrige Natur und befähigt den, der den inneren Frieden gefunden hat, diesen in erhöhter Lebensentfaltung und größerer Vollkommenheit zu genießen.«

Lise Meitner bewundert den Wissenschaftler, den theoretischen Physiker Boltzmann, rückhaltslos. Er eröffnet ihr in jeder Vorlesung »eine ganz neue und wunderbare Welt.« Ab 1902 liest Boltzmann einen vierjährigen Kurs, der unter anderem von der Mechanik, Elektrizität, dem Magnetismus und der Gastheorie handelt. Sie ist seine ständige Zuhörerin. Im Sommersemester 1903 bestätigt Boltzmann ihr, daß sie an seinem fünfstündigen

Kolloquium über analytische Mechanik teilgenommen und »den Unterricht mit ausgezeichnetem Fortgange genossen hat«.
Otto Robert Frisch hört seiner Tante oft zu, wenn sie noch im hohen Alter von den Vorlesungen Ludwig Boltzmanns schwärmt. »Es war wahrscheinlich er«, ist seine Vermutung, »der ihr die Vorstellung von der Physik als einen Kampf um die letzte Wahrheit vermittelte, eine Vision, die sie nie verlor.« Sie studiert Physik in dieser »Atmosphäre voll Idealismus«.
Um eine Wahrheit kämpft Boltzmann um die Jahrhundertwende ganz besonders hart: Die Anerkennung der Atomlehre. Das Wort Atom stammt aus dem Griechischen und bedeutet unteilbar. Um die Jahrhundertwende stellten sich die meisten Chemiker die Atome, diese kleinsten, unveränderlichen Teile, noch als starre Kügelchen vor. Jedes Element sollte aus einer besonderen Art von Atomen bestehen. Der alte Traum der Alchimisten, ein Element in ein anderes zu verwandeln, schien unerfüllbar.
Die Entdeckung der Radioaktivität hat dieses Gedankengebäude erschüttert. Die strahlenden Atome mußten mehr sein als starre Kügelchen, und das periodische System der Elemente deutete auf gesetzmäßige Zusammenhänge zwischen den einzelnen Atomarten hin. Zum ersten Mal kamen begründete Zweifel an dem Atom als der allerletzten Einheit der Materie auf, das »Unteilbare« galt nicht mehr als unteilbar. Von diesen neuen Ideen hört Lise Meitner in den Vorlesungen Boltzmanns.
Im Jahre 1906, während eines Urlaubsaufenthaltes, setzt Boltzmann seinem Leben ein Ende. Seit längerer Zeit litt er an Depressionen. Möglicherweise auch unter dem Eindruck der scharfen Angriffe gegen ihn als »Atomistiker« erhängt er sich. Die rasante Entwicklung der Atomphysik, der sogenannten modernen Physik, erlebt er nicht mehr. Er ist auf der physikalischen Entdekkungsreise ins Innere der Atome nicht mehr dabei. Sein Freitod erschüttert den Kreis der Wiener Physiker. Zu diesem Kreis gehört inzwischen auch das Fräulein »Doktor« Meitner.
Nach acht Semestern Studium, noch im Jahre 1905, hat sie ihre Doktorarbeit in Angriff genommen. Das Thema lautet: »Wärmeleitung im inhomogenen Körper.« Lise Meitner untersucht, ob und wie eine Quecksilber-Fett-Mischung Wärme weitergibt. Für

ihren Versuch schichtet sie drei Kupferplatten übereinander. Zwischen der unteren und mittleren befindet sich die Salbenschicht, kleine Glasstückchen trennen die mittlere und obere Platte. Diese »Leitungssäule« steht auf einem Blechgefäß, durch das der Strahl einer Wasserleitung fließen kann. Über den gesamten Versuchsaufbau stülpt sie eine Hülle aus Pappkarton.
In einem Wasserkessel erzeugt Lise Meitner Dampf. Sie leitet ihn durch einen Schlauch in ein Siedegefäß, das auf der obersten Kupferplatte steht und diese erwärmt. An drei Thermometern, die übereinander in seitlichen Öffnungen stecken, kann sie ablesen, wie die Wärme von oben nach unten weitergeleitet wird. Mit einem vierten Thermometer kontrolliert sie die Raumtemperatur. Ihre Betreuer sind mit den Ergebnissen ihrer Experimentiererei sehr zufrieden. Den mündlichen Teil der Doktorprüfung, das sogenannte Hauptrigorosum, besteht sie am 11. Dezember 1905 »einstimmig mit Auszeichnung«. Der offizielle Promotionstermin ist der 1. Februar 1906.
Lise Meitner, die jetzt den Titel Dr. phil. trägt, ist die zweite Frau, die in Wien im Hauptfach Physik promoviert (zusammen mit ihrer Kommilitonin Selma Freud), und erst der vierte weibliche Doktor an der Wiener Universität überhaupt. Die »schönste Zeit im Leben eines Wissenschaftlers« nennt sie später die Zeit bis zu ihrem Doktorat. Sie vergleicht den Einstieg in die naturwissenschaftliche Gedankenwelt mit einer Reise in ein »Land der Wunder«. Und von dem war sie »wie ein Kind von der Märchenwelt fasziniert, ohne sich zu fragen, wie und wo man in diese Welt hineingehört«.
Das frischgebackene Fräulein Doktor arbeitet weiterhin in einem Zimmer in dem baufälligen Institut für theoretische Physik in der Türkenstraße. Die Fenster ihres Arbeitszimmers gehen auf einen trübseligen und grauen Vorstadthof, in dem Katzen herumschleichen und Straßenmusikanten gelegentlich ihre Kunst zum Besten geben. Im Juli 1906 erscheint ihre erste Veröffentlichung auf dem Gebiet der Radioaktivität: »Über die Absorption von α- und β-Strahlen«. Ein Jahr später, im August 1907, folgt die zweite »radioaktive« Veröffentlichung »Über die Zerstreuung von α-Strahlen«. Stefan Meyer, ein ehemaliger Assistent von Boltz-

mann, hat Lise Meitner mit dem Gebiet der Radioaktivität bekannt gemacht. Dafür dankt sie ihm später:

»Wenn ich an meine Studienzeit in Wien zurückdenke, so ist eine meiner lebendigsten Erinnerungen, wie Sie eines Tages in mein Arbeitszimmer kamen und mir an meinem für Alpha-Messungen bestimmten Elektroskop zeigten, daß Ihre Hände etwas radioaktiv infiziert waren. Das kam mir damals als etwas höchst Wunderbares vor. Sicher hat Ihre Arbeitsrichtung auch die meinige mitbestimmt, und in Anbetracht der Freude, die mir die Verfolgung der fast märchenhaften Entwicklung der Radioaktivität im Laufe meines Lebens immer wieder geschenkt hat, bin ich auch heute noch voller Dankbarkeit für diese Mitbestimmung.«

Was sind das für Strahlen, die diese junge Frau immer stärker in ihren Bann ziehen? Nach der Entdeckung der Radioaktivität bemerken die Wissenschaftler bald, daß drei verschiedene Arten von Strahlen beim radioaktiven Atomzerfall frei werden. Woher diese Strahlen genau kommen und wie sie entstehen, wußte damals niemand. Man nannte sie deshalb kurzerhand nach den drei Anfangsbuchstaben des griechischen Alphabets Alpha (α)-, Beta (β)- und Gamma (γ)-Strahlen.
In dieser Zeit interessiert sich Lise Meitner bereits für das Gebiet der Radioaktivität, ihr Herz gehört aber der theoretischen Physik. Mit 28 Jahren hat sie zwar geschafft, eine Wissenschaftlerin zu sein, doch steht sie noch ganz am Anfang. Sie will weiter lernen. Zu wem soll sie gehen, nachdem ihr Lehrer Boltzmann nicht mehr am Leben ist? Ihr fällt die Nobelpreisträgerin Madame Curie ein, die inzwischen einen Lehrstuhl für Physik an der Sorbonne in Paris innehat:

»Ich wollte ja ursprünglich zu ihr gehen; zum Glück hat sie mir abgeschrieben. Ich habe ja so bestimmt viel mehr gelernt. Ihr Buch ist in physikalischen Sachen mehr vom chemischen Standpunkt geschrieben.«

Nach der Absage aus Frankreich erinnert sie sich an den deutschen theoretischen Physiker Max Planck*. Er lehrt an der

* *Max Planck* (1858–1947) ist der Vater der Quantentheorie. Er konnte im Jahre 1900 zeigen, daß bei einer Strahlung Energie in kleinen Paketen (Quanten) entsteht. Diese Theorie und ihre Weiterentwicklung wurde zu einem wichtigen Schlüssel, um das Innenleben eines Atoms zu begreifen. Im Jahre 1918 erhielt *Planck* den Physik-Nobelpreis.

Universität zu Berlin. Lise Meitner kennt nur Plancks Namen, sie weiß nichts über seine Quantentheorie und nichts über die deutschen Universitäten. Sie hat Planck nur einmal gesehen, als er das Institut für theoretische Physik in Wien besichtigt hatte. Nach dem Tode Boltzmanns sollte nämlich der deutsche Physiker dessen Lehrstuhl übernehmen, aber Planck lehnte schließlich ab.

Lise bittet ihre Eltern um die Erlaubnis, nach Berlin gehen zu dürfen. Mit ihren ersten eigenen wissenschaftlichen Veröffentlichungen im Rücken hat sie sich dazu durchgerungen. Philipp und Hedwig Meitner haben nichts dagegen und versprechen, die Tochter anfangs mit Geld zu unterstützen.
Zur gleichen Zeit erhält Lise Meitner ein Stellenangebot von der Auer-Gesellschaft, einer Gasglühlicht-Fabrik in der Nähe Wiens. Es ist ungewöhnlich, »daß ein Mädel eine Stellung in der Industrie bekommen sollte«. Sie lehnt das Angebot, auf das sie stolz ist, dennoch ab. Sie will lieber nach Berlin, um weiterzustudieren. Ihre Entscheidung ist goldrichtig, denn in Berlin sammeln sich nicht zuletzt um Max Planck viele der bedeutendsten Naturwissenschaftler der damaligen Zeit.
Vater Meitner zollt dem Entschluß seiner Drittältesten Anerkennung: »Ich bewundere deinen Mut.« Lise Meitner beweist wirklich Mut, als sie die Reise nach Berlin antritt. Denn von einer Frau in ihrem Alter erwartet die Gesellschaft damals etwas ganz anderes. Bemühen wir noch einmal den Zeitgenossen Stefan Zweig:

»Aber welche Tragik dann, wenn eines dieser jungen Mädchen seine Zeit versäumte, wenn es mit 25, mit 30 Jahren noch nicht verheiratet war! ... Das unverheiratete Mädchen wurde zum sitzengebliebenen Mädchen, das sitzengebliebene Mädchen zur alten Jungfer, an der sich der schale Spott der Witzblätter unablässig übte.«

Darum schert sich Dr. phil. Lise Meitner, ledig, 28 Jahre, nicht. Im Herbst des Jahres 1907 verläßt sie ihre Geburtsstadt Wien und ihr Heimatland Österreich, »um für einige Semester nach Berlin zu gehen. Ich blieb 31 Jahre!«

Die unbeschwertesten Jahre

Die ersten Berliner Jahre, das Team Lise Meitner/Otto Hahn in der Holzwerkstatt, Studentin und Assistentin von Max Planck 1907–1912

Als Lise Meitner in der Metropole Berlin ankommt, weiß sie nicht, daß hier in Preußen im Jahre 1907 den Frauen der Zutritt zu den Hochschulen noch verwehrt ist – im Gegensatz zum übrigen Deutschland.* Max Planck gab im Jahre 1897 bei einer Umfrage zum Thema über die »Befähigung der Frau zum wissenschaftlichen Studium und Beruf« eine eindeutig ablehnende Antwort (siehe Kasten). Lise Meitner kennt diese Meinung des Professors zum Frauenstudium nicht. Und so steht nun das österreichische Fräulein Doktor im Zimmer des Geheimrates in der Berliner Universität.
Sie möchte sich als Hörerin für seine Vorlesungen einschreiben. Planck ist freundlich, aber auch sichtlich erstaunt. Er bemerkt, sie habe doch bereits einen Doktortitel, was sie denn noch wolle?

»Als ich ihm antwortete, daß ich gerne ein wirkliches Verständnis von der Physik gewinnen möchte, sagte er nur ein paar freundliche Worte und ging nicht weiter auf die Sache ein. Natürlich schloß ich daraus, daß er keine sehr hohe Meinung von Studentinnen haben konnte, und das stimmte sicher zu dieser Zeit.«**

Die junge Frau muß Planck dennoch beeindruckt haben. Vielleicht ist es ihre Entschlossenheit, vielleicht ihr zielstrebiges und bescheidenes Auftreten, vielleicht ihre Naivität und ihr Mut oder alles zusammen. Auf jeden Fall hält Planck diese Meitner wohl für die »Ausnahme«, die er in seiner Stellungnahme zum Thema »Die akademische Frau« erwähnt hat. Sie darf sich für Plancks Vorlesungen einschreiben.

* Seit 1896 waren dort Mädchen zum Abitur, seit 1900 zum Studium zugelassen.
** Übersetzung der Verf.

b. Physik.

Prof. Dr. phil. Max Planck,

Direktor des Instituts für theoret. Physik der Universität Berlin,
Mitglied der Akademie der Wissenschaften.

In dem von mir vertretenen Fache der theoretischen Physik ist diese Frage gegenwärtig noch nicht so weit akut geworden, um mich zu einer speziellen Stellungnahme zu veranlassen. Ich will aber gerne im allgemeinen meine Erfahrungen und Ansichten über den beregten Punkt in aller Kürze zur Kenntnis bringen.

Wenn eine Frau, was nicht häufig, aber doch bisweilen vorkommt, für die Aufgaben der theoretischen Physik besondere Begabung besitzt und außerdem den Trieb in sich fühlt, ihr Talent zur Entfaltung zu bringen, so halte ich es, in persönlicher wie auch in sachlicher Hinsicht, für unrecht, ihr aus prinzipiellen Rücksichten die Mittel zum Studium von vornherein zu versagen, ich werde ihr gerne, soweit es überhaupt mit der akademischen Ordnung verträglich ist, den probeweisen und stets widerruflichen Zutritt zu meinen Vorlesungen und Übungen gestatten, und habe in dieser Beziehung auch bis jetzt nur gute Erfahrungen gemacht.

Andererseits muß ich aber daran festhalten, daß ein solcher Fall immer nur als Ausnahme betrachtet werden kann, und daß es insbesondere höchst verfehlt wäre, durch Gründung besonderer Anstalten die Frauen zum akademischen Studium heranzuziehen, wenigstens sofern es sich um die rein wissenschaftliche Forschung handelt. Amazonen sind auch auf geistigem Gebiet naturwidrig. Bei einzelnen praktischen Aufgaben, z. B. in der Frauenheilkunde, mögen vielleicht die Verhältnisse anders liegen, im allgemeinen aber kann man nicht stark genug betonen, daß die Natur selbst der Frau ihren Beruf als Mutter und als Hausfrau vorgeschrieben hat, und daß Naturgesetze unter keinen Umständen ohne schwere Schädigungen, welche sich im vorliegenden Falle besonders an dem nachwachsenden Geschlecht zeigen würden, ignoriert werden können.

Anfangs kämpft Lise Meitner in diesen Vorlesungen mit einem Gefühl der Enttäuschung. Im Gegensatz zu ihrem Wiener Lehrer Boltzmann, der seine Zuhörer durch eine sichtbare und fühlbare persönliche Begeisterung »für die Wunderbarkeit der Naturgesetze« mitriß, doziert Planck klar, aber zurückhaltend. Sie empfindet seine Vorlesungen als »etwas unpersönlich« und »beinahe nüchtern« und ihn selbst als sehr »geheimrätlich«. Doch bald lernt sie Max Planck und dessen Familie näher kennen. Bei ihrem ersten Besuch in seinem Wohnhaus in der Wangenheimer Straße ist sie beeindruckt von der vornehmen Schlichtheit des Hauses und der ganzen Familie. Sie merkt mit der Zeit, daß sie sich in dem Geheimrat Planck geirrt hat, wie viele Menschen, die ihn nicht wirklich gekannt haben. Denn, so schreibt sie später,

»... wie fern war ihm jede ›Geheimrätlichkeit‹. Er war von einer seltenen Gesinnungsreinheit und innerlichen Geradlinigkeit, der seine äußere Einfachheit und Schlichtheit entsprach. Nur zur Illustration sei erwähnt, daß er täglich in seine Vorlesungen mit der Berliner Stadtbahn in der dritten Klasse fuhr, und dasselbe auch bis ins hohe Alter auf langen Reisen getan hat.«

Wenn Lise Meitner später an die anfänglich massiven Widerstände gegen das Frauenstudium denkt, findet sie es immer wieder sonderbar, daß sogar Max Planck solch abwegige Ansichten vertrat.

»Planck konnte ein sehr aufmerksamer und warmherzig anteilnehmender Beobachter seiner Mitmenschen sein. Ich habe das sehr oft persönlich mit größter Dankbarkeit empfunden. Wieviel menschliches Verständnis und wieviel Förderung habe ich von ihm bekommen.«

In ihren ersten Monaten in Berlin begegnet Lise noch in einem anderen Fall massiven Vorurteilen gegen studierende Frauen.
Nur Vorlesungen über theoretische Physik zu hören, füllt Lise Meitner nicht genug aus. Sie will praktisch weiterkommen, besser experimentieren lernen und spricht deshalb bei Professor Heinrich Rubens vor, dem Leiter des Berliner Instituts für Experimentalphysik. Sie fragt nach einem Laborplatz. Er ist bereit, die Studentin aufzunehmen, aber augenblicklich steht nur ein Platz in

seinem eigenen Zimmer zur Verfügung. Lise Meitner erschrickt, vor dem Herrn Professor hat die höhere Tochter in ihr zuviel Respekt: »Da habe ich mir gedacht, um Gottes willen, so schüchtern wie ich bin, ich werde nie wagen, etwas zu fragen.«
Während sie noch überlegt, wie sie Professor Rubens antworten kann, ohne ihn zu beleidigen, deutet dieser an, daß ein Doktor Otto Hahn sein Interesse an der Zusammenarbeit mit ihr bekundet habe. Der Chemiker Hahn kenne ihre Wiener Arbeiten, er sei auf dem Gebiet der Radioaktivität tätig und habe in Kanada bei dem berühmten englischen Physiker Ernest Rutherford* gelernt. Lise Meitner zeigt Interesse.
So trifft die schüchterne Physikerin schließlich mit Otto Hahn zusammen. Der Chemiker ist vier Monate jünger als sie.** Sein Auftreten ist unkonventionell, überhaupt nicht steif. Er sieht sympathisch aus, blond, mit einem Schnauzer und blitzenden blauen Augen. Sie hat sogleich das Gefühl, den kann sie fragen und muß sich »nicht genieren, wenn ich etwas gar nicht verstehe«. Als Lise Meitner in ihrem späteren Leben auf den Anfang dieser Zusammenarbeit zurückblickt, wundert sie sich ein wenig,

»daß ein Chemiker spontan sagt, er wolle mit einer jungen Physikerin arbeiten. Na ja, weil er vielleicht das Gefühl gehabt hat, daß er die Physik ganz gut gebrauchen kann. Ich muß gestehen, das weiß ich nicht. Vielleicht hat es ihn auch gelockt, mit einem Mädel – so wie er war! – zu arbeiten, auch das ist möglich ...«

Sie bittet sich acht Tage Bedenkzeit aus. Otto Hahn muß zudem erst mit Emil Fischer*** reden, in dessen Institut er arbeitet. Fischer ist dafür bekannt, daß er weder in den Institutsräumen noch in den Vorlesungen Studentinnen duldet. Nur Putzfrauen dürfen – als einzige weibliche Wesen – ins Institut.

* *Ernest Rutherford* (1871–1937) ist einer der ersten und bedeutendsten Forscher auf dem Gebiet der Radioaktivität.

** *Otto Hahn* ist am 8. März 1879 in Frankfurt geboren. Jahrgang 1879 sind auch *Albert Einstein* und *Max von Laue. Max Planck* sagte einmal scherzhaft, daß dieser Jahrgang für die Physik und Chemie vorbestimmt war. Nur *Lise Meitner* hätte die Zeit nicht abwarten können und sei »als vorwitziges Mädchen« bereits im November 1878 zur Welt gekommen.

*** *Emil Hermann Fischer* (1852–1919), deutscher Chemiker, erhielt 1902 den Nobelpreis für Chemie.

Hahn bespricht das heikle Thema mit Fischer. Der Professor – so berichtet eine Anekdote – poltert seinen Assistenten an: »Auf keinen Fall fange ich eine Weiberwirtschaft an.« Schließlich lenkt Fischer ein: »Wenn sie im Keller bleibt und niemals das Institut betritt, soll es mir recht sein.«
Als Lise Meitner dann Emil Fischer trifft, erzählt er ihr, daß seine Vorbehalte gegen Frauen im Chemischen Institut von den schlechten Erfahrungen mit einer russischen Studentin herrührten. Die hätte einen solchen exotischen Haarstil gehabt, daß er ständig in Angst gelebt habe, ihre Haare fingen am Bunsenbrenner Feuer. Fischer stimmt der männlich-weiblichen Zusammenarbeit schließlich zu, weil Lise Meitner einwilligt, sich nicht in den Institutsräumen blicken zu lassen. Ihre Arbeit muß auf die sogenannte Holzwerkstatt beschränkt bleiben, ein kleiner Raum, der ursprünglich als Werkstatt für einen Zimmermann geplant war.
In diesem Raum im Souterrain, dessen einziger »Schmuck« eine Hobelbank gewesen ist, steht nun ein einfacher Tisch für Schreibarbeiten und ein langer schwerer Eichentisch für die Meßgeräte. Zum Glück besitzt die Holzwerkstatt, die Hahn schon 1906 in ein richtiges kleines Labor verwandelt hat, einen separaten Eingang. Nur so kann Lise Meitner die Bedingungen Professor Fischers erfüllen. Eine Damentoilette fehlt natürlich. Das ist übrigens ein weiterer Grund, den Fischer gegen weibliche Studierende anführt! Lise Meitner besucht, wenn nötig, die Toilette einer nahe gelegenen Gastwirtschaft.
Gegen diese aus heutiger Sicht herabsetzende Behandlung protestiert sie nicht. Ihr späterer Mitarbeiter, Fritz Straßmann*, erklärt, warum:

»Es wäre menschlich verständlich gewesen, wenn Lise Meitner diese Bedingungen als kränkend empfunden und ihren Berliner Aufenthalt abgebrochen hätte. Aber in ihrem ganzen Leben hat sie wissenschaftlichen Ehrgeiz und persönliche Empfindungen der jeweils bearbeiteten Forschungsaufgabe untergeordnet ...«

* *Fritz Straßmann* (1902–1980), deutscher Chemiker. Ab 1935 arbeitete er mit *Lise Meitner* und *Otto Hahn* zusammen (siehe Seite 77). Nach dem Zweiten Weltkrieg wurde er Professor am Max-Planck-Institut für Chemie in Mainz, ab 1953 leitete er als Direktor das Chemische Institut der Johannes Gutenberg-Universität Mainz (siehe Seite 112).

Damals in Berlin erkennt oder fühlt sie wohl, daß sie die Chance der Zusammenarbeit mit Hahn in der Holzwerkstatt nutzen muß, um wissenschaftlich weiterzukommen. Nur über eine Sache, die mit dem Institutsverbot zusammenhängt, ärgert sie sich wirklich:

»Dann habe ich Hahn gesagt, ich kann doch keine Chemie lernen, wenn Sie herunterkommen und mir sagen, was Sie gemacht haben, und ich kann nichts sehen.«

Manchmal schleicht sich die lernbegierige Österreicherin in den hölzernen Hohlraum unter den ansteigenden Sitzbänken eines Hörsaales. Versteckt lauscht sie den Vorlesungen. Im Labor arbeitet sie sich systematisch in die radioaktive Chemie ein.

Die diskriminierende Verbannung von Lise Meitner in die Holzwerkstatt erweist sich im Nachhinein – so urteilen viele Wissenschaftshistoriker – als ein ungewöhnlicher Glücksfall. Denn die Jahre dort, die ganz genau am 28. November 1907 beginnen, legen den Grundstein für die Zusammenarbeit von Lise Meitner und Otto Hahn, die 31 Jahre später zur Kernspaltung führt. Eine steinerne Gedenktafel links neben dem Eingang der Humboldt-Universität, die heute in Ost-Berlin liegt, erinnert an die beiden Atom-Pioniere:

In der ehemaligen Holzwerkstatt im Erdgeschoß dieses Gebäudes
haben die Radiumforscher
OTTO HAHN und LISE MEITNER
von 1906–7 bis 1912 durch bedeutende Entdeckungen der Naturwissenschaft gedient.

Der Chemiker und die Physikerin ergänzen sich von Anfang an sehr gut. Nicht nur durch ihre unterschiedlichen Fachgebiete, auch durch ihre Art. Hahn arbeitet sehr intuitiv, er ist ein ausgezeichneter Experimentator. Lise Meitner dagegen denkt sehr kritisch, systematisch, sie fragt mehr nach dem Warum. »Es war die ideale Arbeitsgemeinschaft eines genialen Chemikers mit einer hervorragend ausgebildeten, tiefschürfenden Physikerin«,

urteilt die österreichische Kernphysikerin Professor Berta Karlik*, die Lise Meitner gut gekannt hat.
Im Dezember 1908 kündet sich hoher Besuch in der Holzwerkstatt an, der berühmte Rutherford besucht seinen Schüler Hahn. Der englische Physiker kommt aus Schweden, wo er gerade den Nobelpreis für Chemie erhalten hat. Hahn stellt seine Mitarbeiterin vor. Rutherford ruft erstaunt aus: »I thought, you were a man!«** Lise Meitner erinnert sich:

»Er war sehr überrascht ... Und dann mußte ich Lady Rutherford helfen, Spielzeug ... zu kaufen. Sie hat erwartet, daß jeder Kutscher in Berlin Englisch kann: Ich hab damals sehr schlecht Englisch gekonnt, aber doch so viel, daß ich ein bißl vermitteln konnte.«

Schnell macht sich die Arbeitsgruppe Hahn–Meitner in der Fachwelt einen Namen. Im ersten Jahr ihrer Zusammenarbeit veröffentlichen sie drei Untersuchungen, darunter im September 1908 eine Arbeit über das »Actinium C«, ein sogenanntes Zerfallsprodukt, das bei radioaktiver Strahlung entsteht. Im Jahre 1909 verfaßt das Gespann Hahn–Meitner die sechs nächsten Arbeiten. Sie behandeln weiterhin das ganze Gebiet der Beta-Strahlen, eine Publikation beschäftigt sich mit dem Thorium D, wiederum ein radioaktives Zerfallsprodukt. Lise Meitner erzählt:

»Wir haben das Thorium D in der Zeit gefunden; da hat Baeyer [ein Kollege] gesagt, das hätten sie die Lise Meitner allein veröffentlichen lassen müssen ... Das hat mir Hahn selbst erzählt ... Er hat dann bei einer sehr viel späteren Gelegenheit in irgendeinem Aufsatz ... geschrieben, daß ich das allein gemacht habe. Wir haben alles dann gemeinsam veröffentlicht. Er war ja so viel bekannter als ich. Es war kein schlechter Wille bei ihm, es war eine Gedankenlosigkeit.«

Lise Meitner ist genauso Hahns Mitarbeiterin, wie er ihr Mitarbeiter ist. Doch von Anfang an erscheint sie nach außen hin und in der Öffentlichkeit mehr »seine« Mitarbeiterin zu sein.

* *Berta Karlik* (geb. 1904) ist zur Zeit das einzige weibliche Vollmitglied in der Österreichischen Akademie der Wissenschaften. Die 82jährige emeritierte Professorin lebt in Wien.

** »Ich dachte, Sie sind ein Mann!«

Nach den ersten wissenschaftlichen Erfolgen, die die Holzwerkstatt verbuchen kann, fördert Fischer die zwei jungen Wissenschaftler, so gut er kann. Die Arbeitsgruppe erhält einen zweiten Raum neben der Holzwerkstatt, den sie speziell für chemische Experimente nutzten. Fischer steht der Disziplin Radiochemie nicht mehr so skeptisch gegenüber, und er akzeptiert auch das neumodische Gesetz, das endlich die Zulassung von Frauen an die preußischen Universitäten regelt – eineinhalb Jahre nach Lise Meitners Ankunft in Berlin. Fischer läßt eine Damentoilette einrichten, und die Physikerin darf fortan die Räume der Studenten betreten. Wenn sie mit Otto Hahn umhergeht, bringen die Studenten jedoch nur ein demonstratives »Guten Tag, Herr Hahn« über die Lippen.
In dieser Zeit lernt Lise Meitner die drei Jahre jüngere Elisabeth Schiemann* kennen. Die Freundschaft hält lebenslang, der Briefwechsel der beiden Frauen erstreckt sich über 50 Jahre. Elisabeth Schiemann erzählt, wie sie sich im Jahre 1909 getroffen haben:

»Unsere erste Begegnung ... fand ganz spontan in der Berliner Stadtbahn statt, auf dem regelmäßig gleichen Weg zur Arbeit, die sie in die Holzwerkstatt im Chemischen Institut, mich, die Biologin, in die nahe gelegene landwirtschaftliche Hochschule führte. Trotz der sehr verschiedenen Arbeitsgebiete und Temperamente schloß sich schnell ein festes Freundschaftsband, und bald ging Lise Meitner schwesterlich in meinem Elternhaus aus und ein, so daß sie an keinem Familienfeste fehlen durfte. Beim Mittagstisch mit Hahn und dem Kreise der jungen Physiker, zu dem sie mich mitnahm, knüpften sich gemeinsame Freundschaften, die uns durch das Leben begleitet haben. Fröhliche Sonntagswanderungen lehrten sie, die an die Tiroler Höhen gewöhnt war, auch die schöne Märkische Landschaft und ihren weißen Sand lieben.«

Elisabeth Schiemann war auf den gleichen Umwegen wie ihre Freundin zum Studium gekommen. Sie hatte ebenfalls das Abitur in Privatkursen nachgeholt und vor dem Studium ein Lehrerinnen-Examen abgelegt. Kurz nach ihrer ersten Begegnung mit Lise Meitner erwirbt auch sie den Doktortitel. Im Jahre 1912 verwen-

* *Elisabeth Schiemann,* die 1881 geboren wurde, überlebte *Lise Meitner* um vier Jahre. Sie starb 1972 in Berlin. *Elisabeth Schiemann* wurde Professorin der Biologie und leitete in Berlin ein Institut für Kulturpflanzenforschung.

det Lise Meitner in ihren Briefen an die »liebe Elisabeth« noch das »Sie«. Die Physikerin schreibt ihrer Freundin, die auf dem Lande Urlaub macht:

»Sie brauchen die Stadt mit ihren Arbeitsmöglichkeiten und Anregungen so gut wie wir alle. Man sollte nur eine vernünftige Lebenseinteilung haben und mehr Zeit auf dem Lande verbringen, als man meistens tut. Ich glaube immer, die Menschen würden besser sein, wenn sie mehr in der freien Natur leben würden, nicht rudelweise in Kurorten, die schon fast wieder Städte sind.«

Lise Meitner liebt die Natur, und das Spazierengehen gilt ihr als »heilige Pflicht des Naturforschers«. Das Wort heilig ist kein Zufall, sondern hat sehr viel mit ihrer religiösen Einstellung zu tun. Im September des Jahres 1908 ist sie bereits während eines Besuches in ihrer Heimatstadt aus der jüdischen Gemeinde ausgetreten und hat sich noch im gleichen Monat in Wien evangelisch taufen lassen. Mit diesem Schritt machte sie als fast Dreißigjährige amtlich, was eh eine Tatsache war: Sie hatte die jüdische Religion nie praktiziert und war im evangelischen Glauben erzogen.

Lise Meitner ist keine fanatische Christin, sie interessiert sich für alle Weltreligionen. Ihr Neffe Otto Robert Frisch erlebt Lise Meitner als eine Frau mit »sehr toleranten Ansichten, obwohl sie einen totalen Atheismus nicht akzeptieren konnte«. Sie selbst beantwortet die Frage nach ihrer religiösen Einstellung indirekt. In ihrem sehr persönlichen Nachruf auf den großen Wissenschaftler Max Planck spricht sie über dessen Religiosität und zitiert dabei zwei Stellen aus Plancks Vortrag »Naturwissenschaft und Religion«:

»Das Wunderbare ist ..., daß in allen Vorgängen der Natur eine universelle uns bis zu einem gewissen Grad erkennbare Gesetzlichkeit herrscht.«

»Nichts hindert uns, die Weltordnung der Naturwissenschaften und den Gott der Religion miteinander zu identifizieren.«

Lise Meitner muß sehr ähnlich empfunden haben. An ihre Freundin Elisabeth schreibt sie, wie schön es doch sei, im Wald zu sitzen und sich selbst nur als Teilchen dieser wunderbaren schönen und harmonischen Welt zu fühlen.

In ihren ersten Berliner Jahren lebt Lise Meitner recht bescheiden in einer Pension. Sie muß mit dem Geld auskommen, das ihr die Eltern schicken. Sie ernährt sich hauptsächlich von Brot und schwarzem Kaffee. Anfang des Jahres 1908 finden sich zum Beispiel folgende Eintragungen in einem Haushaltsbuch:

9. Jänner Zigaretten 0,20
Aluminium 1,60
Mittagessen 0,95
11. Jänner Mittagessen 0,95
Brot 0,10
Eier 0,32

Am 12. Januar kauft sie sich einen Mantel für 34 Mark und am 3. Februar eine Konzertkarte für 2 Mark. Auch in Berlin besucht sie regelmäßig Musikveranstaltungen, wenn sie Zeit dazu findet.
In der Holzwerkstatt arbeitet Lise Meitner meistens bis kurz vor 20 Uhr. Dann läuft entweder sie oder Hahn in die Geschäfte in der Nachbarschaft, um Aufschnitt oder Käse einzukaufen, bevor die Läden um 20 Uhr schließen. Otto Hahn kann sich nicht erinnern, daß das Eingekaufte einmal gemeinsam verzehrt wurde: »Lise Meitner ging nach Hause, und ich ging nach Hause. Dabei waren wir doch herzlich miteinander befreundet.« An den samstäglichen Caféhaus-Besuchen ihrer Kollegen beteiligt sie sich nicht. Vielleicht, weil sie mit ihrem Geld sparsam umgehen muß, sicher aber auch, weil sich das für »eine höhere Tochter« nicht schickt. Gerne trifft sie dagegen ihre Berliner Kollegen im Haus von Max Planck:

»Planck liebte heitere, ungezwungene Geselligkeiten, und sein Heim war der Mittelpunkt einer solchen Geselligkeit. Die mehr fortgeschrittenen Hörer und die physikalischen Assistenten wurden ganz regelmäßig in die Wangenheimer Straße eingeladen. Fielen die Einladungen in das Sommersemester, so wurden im Garten Laufspiele gespielt, an denen sich Planck mit geradezu kindlichem Eifer und größter Behendigkeit beteiligte. Es gelang fast nie, nicht von ihm eingefangen zu werden. Und wie sichtlich vergnügt er war, wenn er einen erwischt hatte.«

Die junge Frau bekommt in Berlin über Hahn und ihre Lehrer rasch Kontakt zu dem Kreis der Berliner Physiker. Sie besucht die berühmten »Mittwochs-Kolloquien« von Anfang an. Diese Treffen bilden schon seit 1907 ein sehr außergewöhnliches geistiges Zentrum. Alle neuen naturwissenschaftlichen Forschungsergebnisse, die damals nur so hereinströmten, werden mittwochs vorgetragen und besprochen. Lise Meitner hört Vorträge über Astronomie, Physik, Chemie und empfindet es als außergewöhnlich, was sie alles lernen kann. Sie selbst ergreift fast nie das Wort, dazu ist sie zu schüchtern. Meistens hört sie schweigend zu. Teilnehmer dieser Diskussionsrunde sind nicht nur ihre Professoren, sondern auch deren Assistenten,

»... ungewöhnlich rege, junge Wissenschaftler – sie sind heute fast alle weltberühmt –, und in diesen Kreis wurde ich nach kurzer Zeit als zugehörig aufgenommen. Das war sowohl menschlich und wissenschaftlich eine sehr große Hilfe für mich.«

Lise Meitner befindet sich nicht nur in Berlin, sondern auch auf ihren ersten beiden Kongressen in bester wissenschaftlicher Gesellschaft. Auf einem Kongreß in Salzburg, in ihrem Heimatland Österreich, stellt Dr. Meitner im Jahre 1909 »zwei kleinere Arbeiten« über die Beta-Strahlung vor. Sie hat Lampenfieber, wie immer, wenn sie in der Öffentlichkeit spricht. Wahrscheinlich ist sie besonders aufgeregt, weil im Saal die Großen der Physik sitzen, unter ihnen Albert Einstein*. Professor Anton Lampa, der Lise im Anfänger-Praktikum in Wien zum Schneeholen geschickt hat, stellt seine ehemalige Studentin im Laufe des Kongresses dem damals eher unbekannten Einstein vor. In ihrer Erinnerung bleibt Einsteins Vortrag haften. Sie sieht, wie Einstein seine berühmte Formel vorstellt, die auch auf seinem Grabstein steht: $E = m \cdot c^2$, Energie ist Masse mal Lichtgeschwindigkeit im Quadrat. Einstein erläutert die Bedeutung dieser Formel für das Gebiet der radioaktiven Strahlung. Sie versteht nicht sehr viel, aber sie ist »überwältigt und überrascht« von diesen neuen Ansichten.

* *Albert Einstein* (1879–1955) arbeitete damals noch in der Schweiz. Ab 1914 lebte und arbeitete er als Direktor des Kaiser-Wilhelm-Instituts für Physik in Berlin. Der »Physik-Papst« *Einstein* erhielt 1921 den Physik-Nobelpreis. Siehe auch die Seiten 62ff. und 127ff.

Lise Meitner wird auf der Grundlage der Formel $E = m \cdot c^2$ später die Energiemenge berechnen, die bei der Spaltung eines Atoms frei wird.

Im September 1910 weilt Lise Meitner dann auf dem ersten internationalen Radium-Kongreß in Brüssel. Die radioaktive Einheit »1 Curie« wird aus der Taufe gehoben, und natürlich ist auch die Namenspatronin anwesend, Madame Curie. Die Nobelpreisträgerin spricht ihre Kollegin an: »Sie haben bereits einiges veröffentlicht, dabei sehen Sie aus wie ein junges Mädchen.« Lise Meitner verteidigt sich auf französisch: »Aber ich bin schon über 30 Jahre alt.« Madame Curie antwortet – ganz Frau: »So etwas sagt man nicht.« Die Physikerin aus Berlin empfindet das als »sehr nett«. Mit der großen Curie teilt Lise Meitner inzwischen nicht nur das Forschungsgebiet, sondern – durch eine schicksalhafte Fügung – auch den Geburtstag.

Wie wir wissen, wurde Elise Meitners Geburtstag am 17. November 1878 offiziell registriert. Auf ihrem letzten Schulzeugnis verschwindet jedoch plötzlich die Eins vor der Sieben. Die Eins taucht auf dem Taufschein aus dem Jahre 1908 nochmals auf, dann wird sie für immer vergessen. Lise Meitner feiert fortan ihren Geburtstag am gleichen Tag wie Madame Curie. Der 7. November 1878 wird in allen Nachschlagwerken, in allen Veröffentlichungen und Nachrufen auf Lise Meitner als ihr Geburtsdatum geführt. Ob vielleicht die Unachtsamkeit eines Bürogehilfen aus dem 17. den 7. November machte, werden wir nie erfahren. Dieser Zufall war jedoch fast wie eine Prophezeihung. Denn Lise Meitner schafft es nicht nur, eine Wissenschaftlerin zu werden, sie wird später auch den Beinamen die »deutsche Madame Curie« erhalten.

Bis zum Herbst 1912 forscht Lise Meitner mit Otto Hahn in der Holzwerkstatt, die inzwischen radioaktiv verseucht ist. Kopfweh und Schwindel kennen beide. Wenn Lise Meitner ihre Familie in Wien besucht, muß sie die Angehörigen immer beruhigen, wenn sie blaß aussieht. Ihr gehe es gesundheitlich gut, versichert sie dann dem besorgten Vater.

Nach ihren ersten Berliner Forscherjahren blickt Lise Meitner auf eine stolze Liste von 22 wissenschaftlichen Veröffentlichungen (ihre drei Wiener Arbeiten nicht mitgezählt), die sie zusammen mit Hahn und anderen Kollegen oder allein publiziert hat. Die Zeit in der Fischerschen Holzwerkstatt nennt sie später ihre »unbeschwertesten Jahre«:

»Wenn unsere eigene Arbeit gutging, sangen wir zweistimmig, meistens Brahmslieder, wobei ich nur summen konnte, während Hahn eine sehr gute Singstimme hatte. Mit den jungen Kollegen am nahe gelegenen physikalischen Institut hatten wir menschlich und wissenschaftlich ein sehr gutes Verhältnis. Sie kamen uns öfters besuchen, und es konnte passieren, daß sie durch das Fenster der Holzwerkstatt hereinstiegen, statt den üblichen Weg zu gehen. Kurz, wir waren jung, vergnügt und sorglos, vielleicht politisch zu sorglos.«

Diese sorglose Zeit beendet der Umzug in das neugegründete Kaiser-Wilhelm-Institut. Dort wird alles viel »würdevoller« sein.

Physikerin ohne jedes böse Gewissen

Am Kaiser-Wilhelm-Institut in Berlin, der Erste Weltkrieg, Entdeckung eines neuen Elementes, Ende der Zusammenarbeit mit Otto Hahn
1912–1920

Seine Majestät, Kaiser Wilhelm II. persönlich, eröffnet am 12. Oktober 1912 feierlich das Kaiser-Wilhelm-Institut für Chemie in Berlin-Dahlem. Otto Hahn, der eine kleine Abteilung für Radiochemie leitet, demonstriert dem Kaiser leuchtende radioaktive Präparate in einer Dunkelkammer, die mit Rotlicht beleuchtet ist. Der Kaiser begrüßt auch die bescheiden im Hintergrund stehende Lise Meitner mit ein paar freundlichen Worten. Die Physikerin ist entsetzt, daß sogar der Kaiser berlinert.

Als Naturliebhaberin schätzt Lise Meitner die Umgebung ihrer neuen Arbeitsstätte, deren einer Eckturm ein Dach in Form einer Pickelhaube trägt. Vor dem Institut wogt ein großes Kornfeld, und nach Süden, gegen Zehlendorf, liegt eine weite Ebene mit vereinzelten malerischen Windmühlen. Besonders schön ist das Gelände zwischen dem Kaiser-Wilhelm-Institut für Chemie und dem benachbarten Institut von Fritz Haber*. Ein Chemiker hat dieses Areal mit Tulpen, Chrysanthemen, Dahlien und anderen bunt blühenden Blumen bepflanzt, die er für Farbstoffuntersuchungen benötigt.

Lise Meitner arbeitet als unbezahlter Gast in der Hahnschen Abteilung, doch bezieht sie seit geraumer Zeit ein Assistentengehalt. Max Planck, der Professor, der noch im Jahre 1897 so massiv gegen geistige Amazonen wetterte, hat die Österreicherin nämlich zum ersten weiblichen Universitätsassistenten in Preußen gemacht. Lise Meitner nennt später diese Stelle den »Beginn meiner

* *Fritz Haber* (1868–1934), deutscher Chemiker. Er wurde bekannt durch die synthetische Herstellung von Ammoniak und im Ersten Weltkrieg zum Giftgasexperten (siehe Seite 45, 74, 77). Er erhielt 1918 den Nobelpreis für Chemie. *Haber* war Jude und verließ Deutschland im Jahre 1933.

wissenschaftlichen Karriere«. In den Augen vieler Wissenschaftler ist der Posten, sagt sie, wie

»ein Reisepaß, der mir den Zugang zur wissenschaftlichen Arbeit öffnete, und es war eine große Hilfe, die bestehenden Vorurteile gegen Akademikerinnen zu überwinden.«*

Lise Meitner arbeitet sehr viel, nachdem sie Assistentin von Max Planck geworden ist. Sie muß die Übungsaufgaben von fast 300 Studenten korrigieren. Am Anfang hält Planck sein Seminar am Samstag, und sie opfert ihre Sonntage und braucht die Montage, um pünktlich am Dienstag um halb fünf Uhr nachmittags mit den korrigierten Aufgaben in Plancks Wohnung zu erscheinen. Ganz nebenbei erwirbt sie sich so ein sehr solides physikalisches Wissen. Lise Meitner stört nicht, daß ihr als Wissenschaftlerin nicht viel Zeit für Privates bleibt. Die Physik ist ihr Leben und wird ihr Leben bleiben. Für sie selbst

»... wie für jeden wahren Wissenschaftler bedeutete die wissenschaftliche Arbeit Freude, Anregung und Spaß oder Erheiterung (was im Englischen als ›fun‹ bezeichnet wird), auch dann, wenn das richtige Ergebnis erst auf Umwegen gewonnen werden konnte, besonders in der glücklichen Zeit der ›reinen Wissenschaft‹, wo der Wissenschaftler nicht an gefährliche Anwendungsmöglichkeiten seiner Ergebnisse zu denken brauchte.«

Gleich im Jahre 1913 erhält Lise Meitner ein verlockendes Angebot aus Prag, das damals zu Österreich gehört. Ihr wird eine Dozentenstelle angeboten und für später eine Professur in Aussicht gestellt. Auf diese öffentliche Anerkennung ihrer Arbeit reagiert die Institutsleitung. Lise Meitner kann nun genau wie Hahn als Wissenschaftliches Mitglied des Kaiser-Wilhelm-Instituts und mit einem festen Gehalt angestellt werden, auf unbefristete Zeit. Unter diesen Umständen entscheidet sich die 35jährige Physikerin für Berlin.
Auch Otto Hahn trifft in diesem Jahr eine wichtige Entscheidung. Er heiratet im März die Kunststudentin Edith Junghans, die er

* Übersetzung der Verf.

zwei Jahre zuvor kennengelernt hat. Lise Meitner, die sich in Wien aufhält, telegrafiert von dort Glückwünsche, die ganz auf den Chemiker Hahn zugeschnitten sind:

»Das Leben macht manche Erfindung, die jenseits der festen Mauer unserer Wissenschaft steht: Wir wünschen der neuen Verbindung recht lange Lebensdauer bei höchster Aktivität.«

Über die Zeit in der Holzwerkstatt, die erst kurz vor seiner Hochzeit zu Ende geht, äußert sich Otto Hahn folgendermaßen:

»Von Gemeinsamkeiten zwischen uns, außerhalb des Instituts, konnte keine Rede sein. Lise Meitner hatte noch ganz die Erziehung einer höheren Tochter genossen, war sehr zurückhaltend und fast scheu.«

Lise Meitner wird nie heiraten. Nach dem Warum wird sie öfters gefragt. Sie sieht doch nicht schlecht aus, haben ihr denn überhaupt keine jungen Männer den Hof gemacht? Ihr Neffe Otto Robert Frisch erlebte, daß sie einen Freund, der diese Frage stellte, nur unverständlich angeschaut hat: »Aber mein Lieber, dafür hatte ich einfach keine Zeit.« Ihre Antwort ist nicht kokett, sondern ernst gemeint. Auch einer Tochter des Kollegen James Franck* erklärt sie einmal, sie sei viel zu beschäftigt gewesen, um an Heirat oder Kinder zu denken. Sie ist keine Ausnahme, auch ihre Freundin Elisabeth Schiemann bleibt unverheiratet. Im Jahre 1965 erzählt diese in einem Brief Lise Meitner von Eheproblemen in der Verwandtschaft und fügt hinzu:

»Eine Ehe scheint ja gewiß nichts Leichtes zu sein, jedenfalls nicht leichter, als ganz auf sie zu verzichten, wie wir es getan – gemußt? – haben.«

Hinter dem fragenden »gemußt« steht die Tatsache, daß Lise Meitner und ihre Freundin Elisabeth erst die Universität verlassen haben, als sie in den Augen der Gesellschaft bereits dem soge-

* *James Franck* (1882–1964), deutscher Physiker, erwarb in Berlin den Professorentitel. Von 1918–1920 leitete er eine eigene Abteilung am Kaiser-Wilhelm-Institut für physikalische Chemie. Danach wird er Professor in Göttingen, 1933 emigrierte er mit seiner Familie in die Vereinigten Staaten. Siehe auch S. 46 und 80.

nannten besten Heiratsalter entwachsen waren. Beide gaben sich zudem nicht mit dem Doktortitel zufrieden, Wissenschaftlerinnen wollten sie werden. Sie mußten deshalb mindestens genauso viel und genauso gut arbeiten wie ihre männlichen Kollegen. Deren Frauen betrachtete Lise Meitner häufig mit einem mitleidigen Blick. Sie konnte sich wahrlich etwas Schöneres vorstellen, als mit einem Physiker oder Chemiker verheiratet zu sein, der ständig bis spät in die Nacht im Labor sitzt. Sicher ist, kaum ein Mann hätte das bei seiner »Ehefrau Lise« geduldet. Deshalb ist es auch kein Zufall, daß zum Beispiel Madame Curie – wie viele Naturwissenschaftlerinnen nach ihr – einen wissenschaftlichen Kollegen zum Ehemann nahm.
Doch in Sachen Ehe folgt Lise Meitner nicht der großen Curie. Aus dem Team Hahn–Meitner wird nicht das Ehepaar Hahn–Meitner. Die österreichische Physikerin fühlt sich ihrem Kollegen durch die gemeinsame Arbeit und »eine herzliche Freundschaft« verbunden. Nicht mehr, aber auch nicht weniger.

Das Institut, in dem Lise Meitner ab 1913 arbeitet, ist eines der ersten, das die neugegründete Kaiser-Wilhelm-Gesellschaft zur Förderung der Wissenschaften eingerichtet hat. Diese Gesellschaft, die erstmals Staat und Industrie gemeinsam finanzieren, fördert die wissenschaftliche Grundlagenforschung. Die Wissenschaftler finden in gut ausgestatteten Labors ideale Arbeitsbedingungen vor, Geld steht ihnen genug zur Verfügung. Lise Meitner erinnert sich, daß Vertreter der Groß-Industrie ihr gegenüber immer wieder betont haben, sie solle nur nach rein wissenschaftlichen Gesichtspunkten arbeiten. Ihr Kommentar: »Die Industrie wußte, daß sich die praktische Ausführung sozusagen von selbst ergibt.«
Lise Meitner genießt die Möglichkeiten, die sich ihr als Wissenschaftlerin bieten. Für sie ist das »freie Wissenschaft«, und die erscheint ihr »ebenso selbstverständlich wie freies Atmen« zu sein. Manchmal, wenn sie für teures Geld radioaktive Präparate bestellt, beschleicht sie ein schlechtes Gewissen. Ist das gerechtfertigt, so viel Geld für die reine Forschung auszugeben? Doch bei der Arbeit vergißt sie diese kleinen Skrupel wieder.

Die gerade begonnene wissenschaftliche Idylle stört sehr schnell der Erste Weltkrieg. Am 28. Juni 1914 fallen der österreichische Thronfolger Franz Ferdinand und seine Frau in Sarajevo einem Attentat zum Opfer. Dieses Ereignis entzündet eine schon lange schwelende Krise zwischen den Großmächten, die mit komplizierten Beistandspakten aneinandergekoppelt sind. Bereits wenige Tage nach dem Attentat stehen sich Rußland, Frankreich und England auf der einen, Österreich, Ungarn und Deutschland auf der anderen Seite gegenüber.
Gleich zu Beginn des Krieges muß Lise Meitners Kollege Otto Hahn einrücken. Sie bleibt in Berlin und schreibt ihm regelmäßig über den Gang der Versuche im gemeinsamen radioaktiven Labor. Sie verteidigt sich in Berlin gegen Vorwürfe, daß die Österreicher nicht gleich am ersten Tag alle Russen totgeschossen haben. In den Zeitungen liest sie nur allgemeine Nachrichten, kein Mensch weiß genau, was eigentlich vorgeht. Sie bekommt »allmählich Angst vor jedem neuen Tag, was er bringen wird«.

Im Juli des Jahres 1915 zieht auch Lise Meitner in den Krieg. Sie meldet sich freiwillig als Röntgenschwester. Sie hat das Gefühl, etwas für ihr Vaterland Österreich tun zu müssen. Der Krieg holt auch Madame Curie aus dem Labor – allerdings an die andere Front. Sie sammelt in Paris Geld, um das erste Röntgen-Auto auszustatten, mit dem sie selbst, ihre 17jährige Tochter Irène und einige Ärzte an die Front fahren, um den Verwundeten zu helfen. Bevor Lise Meitner an die Front geht, läßt sie sich in Wien gegen Cholera impfen. Sie sieht nochmals alle Geschwister, mit Ausnahme eines Bruders, der bereits Soldat ist. In einem langen Eisenbahnzug verläßt sie schließlich mit einer 220 Mann starken Mannschaft, 50 Schwestern, 10 Ärzten und der gesamten Hospitalausrüstung die Stadt Wien. Mehr als 60 Stunden dauert die Fahrt nach Lemberg, damals die Hauptstadt des österreichischen Reichsteils Galizien, heute ein Teil der sowjetischen Ukraine. Bis in dem Fronthospital das Röntgenzimmer fertig eingerichtet ist, hilft Schwester Lise im Operationssaal. Anfang August 1915 schreibt sie den ersten Brief an ihre Freundin Elisabeth Schiemann, er ist fast acht Seiten lang:

»Ach Elisabeth, was habe ich da schon zu sehen bekommen, so schrecklich habe ich es mir nicht vorgestellt, wie es in Wirklichkeit ist. Und was diese armen Menschen, die im besten Fall als Krüppel weiterleben können, für schreckliche Schmerzen leiden. Ihr Schreien und Stöhnen kann man ja überhören neben dem Anblick der schrecklichen Wunden; aber heute hatten wir einen armen, an Beinen und Armen sehr schwer Verwundeten, der sang vor Schmerzen, während ihm die Tränen übers Gesicht liefen, ich werde lange daran denken. Wir bekommen natürlich, da wir nur etwa 40 km von der Front entfernt sind, die am schwersten Verwundeten hierher, das sage ich mir selbst zum Trost. Aber man macht sich seine eigenen Gedanken über den Krieg, wenn man all dies sieht.«

Um sechs Uhr früh steht Lise Meitner auf. Sie assistiert dann bei drei bis vier Operationen und verbindet bis zum Mittagessen mehr als dreißig Verwundete. Nachmittags reinigt sie die Operationsbestecke und bessert Geräte aus. Anfang September ist ihr Röntgenzimmer endlich fertig, und im Oktober hat sie bereits über zweihundert Röntgenaufnahmen gemacht. Der Winter kommt mit aller Macht, es herrschen 18–20° Kälte, und Lise Meitner sieht die ersten Soldaten, die mit erfrorenen Gliedmaßen eingeliefert werden. An der harten Arbeit, die manchmal fast ihre Kräfte übersteigt, schätzt Lise Meitner, daß sie immer noch Zeit findet, sich persönlich um die Verwundeten zu kümmern. Die Dankbarkeit, die Leute dafür empfinden und zeigen, hat für sie »etwas Beschämendes«. Gerade weil sie sich persönlich einbringt, leidet sie besonders. Ihr geht es zwar gesundheitlich gut, doch wiegt sie gerade noch 50 Kilogramm:

»Manchmal wächst es mir einfach über den Kopf. Man kämpft doch förmlich um das Leben jedes einzelnen Patienten, manchmal mit einer Art verzweifeltem Trotz, wie wenn man dem Tod noch abtrotzen könnte. Kennst Du das Märchen von Grimm, wo der Arzt den Tod überlistet, indem er den Kranken vom Kopfende ans Fußende legen läßt? Ich muß oft daran denken, weil ich nie glauben will, daß so ein armer Kranker wirklich verloren ist, bevor ich ihn tot sehe.« (22. Dezember 1915 an Elisabeth Schiemann)

Weihnachten feiert Lise Meitner in diesem zweiten Kriegsjahr an der Front. Zusammen mit dem Personal bereitet sie eine Feier vor. In jedem der elf Krankensäle, wo inzwischen über tausend

Menschen liegen, steht ein Christbaum und liegen Weihnachtspakete.
Unter der Wucht der schrecklichen Kriegseindrücke setzt sich Lise Meitner mit ihrem Beruf und dem Sinn der wissenschaftlichen Arbeit auseinander:

»Daß es eine Physik gibt, daß ich selbst einmal physikalisch gearbeitet habe oder wieder arbeiten werde, liegt mir so ferne, als ob es nie zuvor und niemals wieder sein könnte. Abends, wenn ich im Bett liege und nicht gleich schlafen kann, dann krieg ich wohl manchmal so leise physikalische Heimwehgedanken, tagsüber aber denke ich nur an meine Kranken.« (14. Oktober 1915 an Otto Hahn)

Kurz vor Weihnachten schreibt sie schließlich an Elisabeth Schiemann:

»Ich liebe die Physik, ich kann sie mir schwer aus meinem Leben wegdenken. Es ist so eine Art persönliche Liebe, wie gegen einen Menschen, dem man sehr viel verdankt. Und ich, die ich so sehr am schlechten Gewissen leide, bin Physikerin ohne jedes böse Gewissen.«

Ab dem Sommer 1916 arbeitet Lise Meitner in dem Vereinshospital des Roten Kreuzes in Prag-Karolinenthal. Dort hat sie nicht mehr so viel zu tun und fühlt sich nicht so nützlich wie in Lemberg, ihrem ersten Einsatzort. Die »Herren Ärzte« lassen ihr keine freie Hand, sie empfinden die Physikerin als »häßliche Konkurrenz«. Lise Meitner muß erleben, daß die Ärzte ihre Röntgenwünsche dem Diener nur in tschechischer Sprache mitteilen, obwohl sie Deutsch sprechen und wissen, daß Schwester Lise kein Tschechisch kann. Manchmal veranlaßt die Physikerin die »Herren«, bloß indem sie sie ansieht, ihre Gespräche auf deutsch weiterzuführen, »aber eigentlich habe ich diesbezüglich so wenig Ehrgeiz«. Unter diesen Verhältnissen überlegt sie ernsthaft,

»... ob es nicht meine Pflicht ist, nach Berlin ans Kaiser-Wilhelm-Institut zurückzugehen. Ich sage, meine Pflicht, weil ich ehrlich bestrebt bin, meine Wünsche dabei beiseite zu lassen. Denn diesen zufolge könnte ich schon längst in Berlin sein. So wie ich mich kenne, werde ich wohl noch ein paar Wochen brauchen, um zu einem definitiven Entschluß zu kommen. Für mein eigenes ›Seelenheil‹ wäre es zwar besser, es ginge rasch. Es ist eine große Gefahr, verbittert und dadurch ungerecht zu werden, wenn man lange in so unbefriedigenden Verhältnissen steckt. Und ich habe wahrhaftig viel Kleinliches und Häßliches gesehen in diesen letzten Monaten.« (27. August 1916 an Elisabeth Schiemann)

Auch wegen dieser unbefriedigenden Arbeitssituation reist Lise Meitner »ohne jedes böse Gewissen« nach Berlin, wann immer sie einige Tage Urlaub bewilligt bekommt. In dem Dahlemer Institut setzt sie die noch vor dem Krieg mit Otto Hahn gemeinsam begonnene Arbeit fort. Der Chemiker und die Physikerin suchen seit langem den Stoff, der im Periodensystem der Elemente den leeren Platz Nr. 91 ausfüllen kann. Es muß ein Element sein, aus dem bei Abgabe radioaktiver Strahlung das Element Aktinium entsteht.
Otto Hahn leistet seinen Militärdienst von Anfang an in einer Spezialeinheit für Gaskampf. Dort trifft er auf andere Wissenschaftskollegen. Erforscht und getestet wird das Kampfgas in Berlin am Institut von Fritz Haber, das gleich neben Lise Meitners und Otto Hahns Arbeitsstätte liegt. Aus diesem Grund kommt Hahn öfters nach Berlin. Manchmal trifft er Lise Meitner und kann Zeit für sein eigenes Labor abzweigen.
Die passende Gasmaske zu dem schrecklichen Giftgas entwickelt Professor Richard Willstätter, der Wissenschaftler, an dessen bunt blühenden Blumen sich Lise Meitner so erfreut hat. Fast das gesamte Kaiser-Wilhelm-Institut für Chemie wird von den Gasforschern belegt. Nur die kleine radiochemische Abteilung von Otto Hahn und Lise Meitner bleibt verschont – für die reine Wissenschaft. Die Situation in Berlin ist keine Ausnahme, so sieht es an fast allen deutschen Universitäten aus. Aus einer patriotischen Gesinnung heraus protestieren die meisten Wissenschaftler nicht dagegen, daß ihr Wissen im Dienst des Gaskrieges oder für andere militärische Zwecke genutzt wird. Die deutsche Tüchtigkeit feiert sehr schnell schreckliche Triumphe. Im April 1915 wird das Giftgas zum ersten Mal an der französischen Grenze erprobt. Einsätze an anderen Frontabschnitten folgen. Die Kriegsgegner Deutschlands sind entsetzt.
Der Erste Weltkrieg ist der erste Krieg, der mit solchen modernen Waffen geführt wird. Die Chemie spielt damals die Rolle, die im

Zweiten Weltkrieg die Physik spielen wird. Damals ist es ein Kampfgas, im Zweiten Weltkrieg wird es die Atombombe sein. Ein Argument für die neuen Waffen damals, gestern und auch noch heute: Sie beenden den Krieg schneller und verhindern noch mehr Todesopfer.
James Franck, der im Ersten Weltkrieg in der gleichen Gastruppe wie Hahn kämpft, wird sich bei der Atombombe dieser gefährlichen Argumentation verweigern und in dem berühmten Franck-Report* gegen den Einsatz dieser atomaren Vernichtungswaffe argumentieren, auch weil er einen kommenden internationalen Rüstungswettlauf vorausahnt.

Lise Meitner setzt sich – gezwungenermaßen – mit der Tatsache auseinander, daß sich das Kaiser-Wilhelm-Institut für Chemie zu einer Arbeitsstätte für militärische Zwecke entwickelt. Mitte 1917 schreibt ihr Otto Hahn, daß auch die gemeinsame Abteilung für die Kriegsforschung kassiert werden würde, wenn sie nicht für immer nach Dahlem zurückkehre. Lise Meitner folgt seinem Rat auch deshalb, weil sonst die festinstallierten Apparate für die Protaktiniumsuche demontiert und damit ihre jahrelange Arbeit zunichte gemacht worden wäre.
Widerstand regt sich im Institut. Lise Meitner bekommt nach ihrer Rückkehr zu hören, sie verstehe als Österreicherin wohl die deutschen Belange nicht so recht. Sie wird unsicher, inwieweit sie berechtigt ist, militärische Untersuchungen zu verhindern:

»Es war eine große Hilfe sowohl in praktischer als in menschlicher Hinsicht, daß Max Planck, den ich um Rat fragte, sehr entschieden erklärte, es wäre richtig, die wissenschaftliche Arbeit aufrechtzuerhalten.«

Es lohnt sich, daß Lise Meitner und ihr Kollege Hahn trotz des Krieges weiterforschen. Anfang des Jahres 1918 schreibt Lise Meitner ihrem Kollegen, daß sie jetzt daran denken könnten zu publizieren. Sie hat nochmals zehn Tage lang von morgens halb neun bis abends neun Uhr im Labor gemessen, und jetzt steht

* siehe dazu die Geschichte der Atombombe Seite 127ff.

endgültig fest: Das Element 91 ist entdeckt. Sie taufen es Protaktinium, sein Kürzel lautet Pa. Die Arbeit, die Lise Meitner und Otto Hahn viel Ruhm einbringt, erscheint unter dem Titel: »Die Muttersubstanz des Aktiniums, ein neues radioaktives Element von langer Lebensdauer«.
Die neue Arbeit über das Protaktinium stellt Lise Meitner selbst in dem berühmten Mittwochs-Kolloquium vor, weil Otto Hahn im Sommer des gleichen Jahres Urlaub macht. Sie berichtet Hahn in einem Brief, daß alle gesagt haben

»... wie hübsch unsere Arbeit sei. Woraus Sie sehen können, daß ich ganz vernünftig vorgetragen habe, obwohl ich dummerweise wieder sehr befangen war. Ich war froh, daß Sie nicht dabei waren, Sie hätten sicher geschimpft. So bin ich mit einem freundschaftlichen Scherz Plancks und einer sehr wohlwollenden psychologischen Betrachtung Einsteins über meine Schüchternheit davongekommen, wobei mir beide noch die Beruhigung gaben, daß ich klar und verständlich vorgetragen hätte.«

In diesem Sommer verschlechtert sich die militärische und wirtschaftliche Situation für Deutschland, was 1918 zur Novemberrevolution führt.
Ende November diskutiert Lise Meitner mit ihrer Freundin Elisabeth in einem langen Brief ausführlich die politische Lage. Der Kaiser weilt bereits im Exil, und in Berlin hat Karl Liebknecht die »freie sozialistische Republik« ausgerufen. Die Physikerin stellt sich hinter die Sozialdemokratische Partei, damals Mehrheitssozialisten genannt:

»Liebste Elisabeth!
Wenn ich nun versuchen will, an Hand Deines Briefes manche Fragen zu erörtern, so muß ich Dich, damit Du meinen Standpunkt verstehen kannst, bitten, daran zu denken, daß ich von jeher stark demokratische Neigungen hatte ...
Daß Du persönlich das Verschwinden der deutschen Fürstenhäuser und vor allem der Hohenzollern schmerzlich empfindest, kann ich sehr wohl verstehen. Aber Elisabeth, die ungeheuren Fehler, die vor und während dieses Krieges in der deutschen Außen- und Innenpolitik gemacht wurden, zeigen doch eigentlich sehr deutlich, daß das System falsch war; daß der Umstand, daß ein einziger Mensch allein die Entscheidung über das Schicksal von Millionen in Händen hält, ohne jede andere Verantwortlichkeit, als die vor sich selbst, eine Ungeheuerlichkeit ist ...

Es gab im Oktober, außer den Konservativen, wirklich keinen guten Deutschen, der nicht die Abdankung des Kaisers ersehnte, um das monarchische Prinzip zu erhalten. Und gerade die Mehrheitssozialisten hatten den Takt, die Abdankung nicht allzu deutlich zu verlangen, um sie nicht als erzwungen wirken zu lassen. Noch am 4. oder 5. November war im VORWÄRTS ein Artikel über die Abdankungsfrage, der mir durch seinen vornehmen, anständigen Ton direkt Freude machte. Es hieß darin, daß die Sozialisten sehr gut verstehen, wie schwer allen Andersdenkenden der Gedanke an eine Abdankung des Kaisers wäre, aber daß, wie nun einmal die Dinge lägen, der Kaiser seinem Volk dieses Opfer bringen müßte, und daß es den Sozialisten fern läge, das monarchische System an sich anzugreifen, sobald die Mehrheit des Volkes für dasselbe sei ...
Ich war neulich in einer Versammlung, die unter dem Programm ›Proletarier und Intellektuelle vereinigt euch‹ einberufen war. Der Hauptredner war Eduard Bernstein* ... In seiner Rede, die wirklich ausgezeichnet war, sagte er den Arbeitern immer wieder, wie notwendig ein Zusammengehen mit den geistigen Arbeitern sei, wie unbedingt alle Bürgerlichen ebenso zu ihrem Recht kommen müssen wie die Proletarier, daß es nur eine Art von Gerechtigkeit und Demokratie gäbe, und daß eine Diktatur des Proletariats ebenso verwerflich sei, wie die des Kapitalismus oder des Militarismus ...
Ich habe aber Vertrauen zur guten deutschen Besonnenheit und Ordnungsliebe, die wird uns helfen. Aber das Bürgertum muß auch seine Pflicht erfüllen und wir Frauen auch. Agnes hat einen Aufruf an die Frauen verfaßt, allerdings ohne ihn zu unterzeichnen, den wir in allen Kreisen zu verbreiten versuchen ...
Nun liebe Elisabeth ... Mach Dir nichts daraus, wenn Du meine Ansichten verkehrt findest. Ich habe wirklich das ehrliche Bestreben, die objektive Wahrheit zu erkennen, ganz gleich, ob sie meinen Wünschen entspricht oder nicht, und ich setze bei Dir dasselbe voraus, aber Deine Neigungen gingen früher in andere Richtungen ... Alles Liebe und Gute von Deiner treuen Lise.«

Im Sommer 1919 besiegelt der Versailler Vertrag endgültig das Ende des Großdeutschen Reiches, die Weimarer Republik beginnt.

Lise Meitners wissenschaftliche Arbeit wird noch im Jahr 1918 dadurch gewürdigt und anerkannt, daß sie eine eigene physikalisch-radioaktive Abteilung im Kaiser-Wilhelm-Institut erhält.

* *Eduard Bernstein* (1850–1932), sozialdemokratischer Theoretiker.

Hahn leitet sein chemisch-radioaktives Institut weiter. Nur für die Gelderzuteilung sind beide zur Hahn-Meitner-Abteilung zusammengefaßt.
Nach den finanziell mageren Jahren in der Holzwerkstatt und nach den wirren Kriegsjahren kann sich Lise Meitner, die frischgebackene Abteilungsleiterin, jetzt ihre erste eigene Wohnung einrichten. Zum ersten Mal verdient sie genügend Geld. Immer wieder geht sie durch die Zimmer und freut und wundert sich, »daß man mit Physik Vorhänge und ähnliche Dinge erarbeiten kann«.

Lise Meitner lädt gern Gäste ein. Denn scheu und still ist sie nur in der Öffentlichkeit, in einem großen Kreis. Inmitten guter Bekannter oder Freunde lebt sie auf, redet viel und kann witzig und schlagfertig sein, wie folgende kleine Geschichte zeigt. In welchem Jahr sie sich zugetragen hat, wissen wir nicht, auf jeden Fall war es an einem siebten November, denn Lise Meitner feiert Geburtstag. Sie hat mehrere Kollegen eingeladen, unter ihnen den sehr großen und wohlbeleibten Chemiker Otto von Baeyer, der von sich selbst sagt, er habe jahrelang seine Füße nicht gesehen. Als Lise Meitner ihren Gästen, die mehrmals nach dem Anlaß der Feier fragen, schließlich gesteht, daß sie heute Geburtstag habe, sagt Baeyer: »Ich biete Ihnen einen Tauschhandel an. Sie sagen mir, wie alt Sie sind, und ich sage Ihnen mein Gewicht.« Lise Meitner antwortet wie aus der Pistole geschossen: »Das ist kein fairer Tausch. Sie könnten dünner werden, ich aber werde nicht jünger.«
Noch mehr als kleine Geselligkeiten liebt sie ein Gespräch unter vier Augen. Dann offenbart sich hinter ihrer Bescheidenheit und Schüchternheit eine andere Lise Meitner.

»Jeder, der ihr begegnete, hatte sogleich den Eindruck einer starken Persönlichkeit. Die Intensität, mit der sie Gespräche führte, wird jedem, der sie persönlich kannte, unvergeßlich bleiben. Scharfer Verstand, kritischer Geist und große Konzentrationsfähigkeit zeichneten sie aus.«

Die Physik-Professorin Berta Karlik, die Lise Meitner so charakterisiert, ist außerdem beeindruckt durch

»... ihr unverkennbares Streben nach Klarheit der Gedankengänge und ihren geradezu leidenschaftlichen Wunsch, die ungeschminkte Wahrheit zu ergründen.«

Alles Eigenschaften, die eine Stärke von Lise Meitner bei ihrer wissenschaftlichen Arbeit bedeuten. Es sind aber sicher auch Eigenschaften, die einen persönlichen Umgang mit ihr nicht gerade leicht machen.
Lise Meitner stellt an sich und andere sehr hohe Ansprüche. Sie ist eine gute Menschenkennerin. Mit ihren positiven und negativen Urteilen hält sie nicht hinterm Berg – auch wenn es um Menschen geht, die ihr nahestehen. Lise Meitner weiß, daß sie unverbindlich wirken kann. Deshalb beruhigt sie Otto Hahn auch, als sie in seiner Abwesenheit einen Institutsbesucher empfängt, der ihr – wie sie schreibt – recht unsympathisch ist:

»... woraus Sie aber nicht schließen dürfen, daß ich bei dem Institutsbesuch etwa die Hausherrenpflicht nicht gut erfüllt hätte, ich habe eine geradezu Hahnsche (!) Liebenswürdigkeit entwickelt.« (23. Juni 1918)

Vor Härte bewahrt Lise Meitner letztlich ihr tiefes Interesse an Menschen und Schicksalen. Sorgfältig pflegt sie lebenslange Freundschaften, die einen sehr wesentlichen Teil ihres persönlichen Lebens ausmachen. Sie ist eine treue Briefschreiberin.

Seit Lise Meitners Zeit in der Holzwerkstatt hat sich das Bild vom Atom gründlich gewandelt. Die Radioaktivität und Atomphysik entwickeln sich unglaublich rasch. Fast jeder Monat bringt ein wunderbares, überraschendes, neues Ergebnis in einem der großen Laboratorien. Im Jahre 1911 entdeckt Ernest Rutherford den Atomkern und entwickelt sein Atommodell: Um einen positiv geladenen, winzigkleinen Kern gruppiert sich eine Hülle aus negativ geladenen Teilchen, den Elektronen. Zwei Jahre später vervollständigt der Däne Niels Bohr* diese Entdeckung. Er vergleicht das Atom mit einem Planetensystem in Miniformat, in dem Elektronen auf bestimmten Bahnen umlaufen, aber auch von

* *Niels Bohr* (1885–1962), dänischer Physiker, erhielt 1922 den Physik-Nobelpreis für seine Arbeiten über den Atomaufbau.

Bahn zu Bahn springen können. Die klassischen physikalischen Gesetze gelten in dieser neuen atomaren Welt nicht mehr. Das »Bohrsche Atommodell« verändert die Vorstellung von der Welt so grundlegend wie im 16. Jahrhundert die Entdeckung des Astronomen Nikolaus Kopernikus, der nachweisen konnte, daß sich nicht die Sonne um die Erde, sondern die Erde um die Sonne dreht. Daß es in der Physik noch so viel Neues zu denken und entdecken gibt, fasziniert nicht nur Lise Meitner. Dazu meint der Zukunftsforscher Robert Jungk:

»Es gibt in fast jeder Epoche ein Gebiet menschlichen Denkens und Schaffens, das die Begabten besonders anzieht. Plötzlich, und niemand könnte sagen wie, spüren die Aufgeschlossensten, wo gerade der Boden neu aufgebrochen wird ... Eine solche Anziehungskraft besaß die Atomphysik in den Jahren nach dem Ersten Weltkrieg. Zu ihr stießen philosophisch begabte Geister und künstlerisch Veranlagte, politische Köpfe, denen die Tagespolitik zu konfus schien, und Abenteurer, die auf dem bis in die fernsten Kontinente erforschten Erdball nichts mehr zu erobern fanden. Im Studium des Unsichtbaren und Allerkleinsten war noch Hoffnung auf Offenbarungen, hier konnte man noch neuen Gesetzen auf die Spur kommen und jenes mit Furcht gemischte Entzücken spüren, etwas gedacht zu haben, was niemand vorher je dachte, gesehen zu haben, was niemand zuvor je sah.«

In ihrer eigenen Abteilung widmet sich Lise Meitner voll Eifer den noch unbekannten Eigenschaften der Beta- und Gamma-Strahlen. Sie will klären, warum die beiden Strahlengruppen beim radioaktiven Zerfall entstehen. Die Physikerin aus Leidenschaft hat ihr eigenes Forschungsgebiet gefunden. Im Jahre 1920 geht die enge Zusammenarbeit mit Otto Hahn zu Ende – sie hat fast dreizehn Jahre gedauert. Auch nach dieser langen Zeit siezen sich die beiden noch immer.

Oben: Hedwig Meitner und ihre Kinder, Elise sitzend mit Puppe.
Rechts: Lise Meitner mit 21 Jahren, 1899.

Links oben: Lise Meitner und Otto Hahn in der Holzwerkstatt, Berlin 1909.
Links unten: Das Team Hahn/Meitner im Labor des Kaiser-Wilhelm-Institutes für Chemie, Berlin 1913.
Oben: Lise Meitner als Krankenschwester im 1. Weltkrieg, 1915.

Oben: Radiumkongreß im Mai 1921 in Freiburg/Sachsen. In der vorderen Reihe Otto Hahn (2. v.l.) und Lise Meitner.
Rechts: Ein Portrait Lise Meitners aus den dreißiger Jahren, fotografiert von ihrer Schwägerin Lotte Meitner-Graf in Wien.

Oben: Lise Meitner mit fast 80 Jahren während eines Besuches in Heidelberg, 1957.
Rechts oben: Lise Meitner und Studentinnen im amerikanischen Bryn-Mawr-College, 1959.
Rechts unten: Otto Hahn und Lise Meitner bei der Abschiedsfeier für Max von Laue, 1959.

Das Werden einer Wissenschaftlerin

Professorentitel, wissenschaftliche Erfolge und erste Auszeichnungen
1920–1933

Bald nachdem Lise Meitner mit dem Aufbau ihrer eigenen Abteilung begonnen hat, lernt sie einen der bedeutendsten Wissenschaftler dieses Jahrhunderts kennen. Vor der Deutschen Physikalischen Gesellschaft in Berlin hält der Däne Niels Bohr am 28. Mai 1920 einen Vortrag. Lise Meitner und ihre Kollegen verstehen wenig von dem, was »der Vater des Atommodells« berichtet. In einer »halb niedergeschlagenen und halb scherzhaften Stimmung« beschließen alle, Bohr für einen ganzen Tag nach Dahlem einzuladen.
An dem geplanten Treffen sollen jedoch keine Physiker teilnehmen, die bereits Professoren sind. Lise Meitner wird beauftragt, Max Planck aufzusuchen. Sie muß dem Geheimrat erklären, daß sie nur Bohr, der bei Planck wohnt, aber nicht Planck selbst einladen wollen.
Ein weiteres Problem: Es gibt in der Nachkriegszeit wenig zu essen. James Franck muß Fritz Haber besuchen und fragen, ob sie das Kasino benutzen dürfen, das dieser für seine Studenten und Assistenten eingerichtet hat. Allerdings ohne ihn, denn er sei ja Professor, also »Bonze«. Haber stimmt zu, und am nächsten Tag bittet er sich sogar die Ehre aus, alle Teilnehmer dieses »bonzenfreien Kolloquiums« in seine Villa einzuladen. Er möchte nur, daß Einstein am Mittagessen teilnimmt.
Das Treffen mit Bohr ist ein voller Erfolg. »Bohr war fabelhaft. Er hat wirklich versucht, auf jede unserer dummen Fragen eine Antwort zu geben, die uns geholfen hat«, erinnert sich Lise Meitner. Das Wort »Bonze« gebraucht sie ihr Leben lang sehr gerne – wohl in Erinnerung an diesen beeindruckenden Tag. Sigvard Eklund*, der ehemalige Chef der Internationalen Atom-

* *Sigvard Eklund* lernte *Lise Meitner* in ihrem schwedischen Exil kennen, siehe Seite 99.

energiebehörde, erlebte einige Male, daß die alte Dame ein Essen oder Treffen mit einem Präsidenten oder einer sonstigen hochgestellten Persönlichkeit mit dem Satz kommentierte: »Das war ein Bonze.«

Den Dänen Niels Bohr hat Lise Meitner 1920 nicht wirklich kennengelernt, dazu war sie viel zu schüchtern. Ein Jahr später ändert sich das. Lise Meitner besucht Kopenhagen, um einen wissenschaftlichen Vortrag über Beta- und Gamma-Strahlen zu halten.

»Die große Schwierigkeit für die Deutschen war damals, daß sie strikt von allen wissenschaftlichen Kongressen ausgeschlossen wurden, und Bohr unternahm einige Anstrengungen, daß sie wieder zugelassen wurden. Er erzählt mir viel über den Krieg und seine Erfahrungen in England. Mit einem Wort, wir sprachen über alles unter der Sonne, ob traurig oder lustig.«*

»Wie ich weggefahren bin, war Margarethe [die Frau von Bohr] auf der Bahn und hat gesagt, Niels kommt auch. Er ist dann fast im letzten Moment angelaufen gekommen mit einem Strauß Rosen und hat zu mir gesagt, Rosen ist das Dümmste, was man einem Menschen auf die Reise mitgeben kann ... Ich habe ja viele wirklich besondere Menschen in meinem Leben kennengelernt, aber den Eindruck, den mir Bohr damals und immer wieder gemacht hat, ist doch überwältigend gewesen.«

Im gleichen Jahr, in dem das berühmte bonzenfreie Kolloquium stattfindet, erhalten die Frauen endlich auch in Preußen das Recht, einen Professorentitel zu erwerben. Am 21. Februar 1920 wird die entsprechende Verordnung verabschiedet, Lise Meitner ist bereits 41 Jahre alt. Alle ihre gleichaltrigen Kollegen sind seit langem habilitiert**, Otto Hahn zum Beispiel seit dem Sommer 1907! Lise Meitner weiß um die Benachteiligung der Wissenschaftlerinnen:

»... die Habilitation wurde Frauen erst nach dem Ersten Weltkrieg zugestanden. Der berühmte Mathematiker David Hilbert in Göttingen wollte im Jahre 1917 für seine begabte Assistentin Emmy Noether die Habilitierung durchsetzen. Sein Vorschlag wurde von den Fakultätskolle-

* Übersetzung der Verf.

** Die Karrierestufen zum Professorentitel sind: Habilitation (eine eigenständige wissenschaftliche Arbeit), Privatdozent, Professor.

gen so energisch abgelehnt, daß er ihnen die später oft zitierten und belächelten Worte zurief: Aber meine Herren, eine Fakultät ist doch keine Badeanstalt.«

Zwar nennt sich Lise Meitner schon seit 1919 »Professor«, doch dies war kein echter Professorentitel. Denn zu dem gehört das Recht, Studenten zu unterrichten, auf lateinisch »venia legendi« genannt. Im Jahre 1922 spricht die Philosophische Fakultät der Universität Berlin Lise Meitner dieses Recht zu, allein aufgrund ihrer bisherigen Forschungsarbeiten. Sie wird Privatdozentin ohne die sonst erforderliche Habilitationsarbeit, aber sie muß wie üblich eine Antrittsvorlesung halten. Im Oktober spricht sie über das Thema »Die Bedeutung der Radioaktivität für kosmische Prozesse«. Ein Journalist, der über diesen Vortrag eine Meldung macht, hält es wohl nicht für möglich, daß eine Frau über den Kosmos referiert. Aus den kosmischen Prozessen macht er kurzerhand »kosmetische Prozesse«.

Ihre erste Vorlesung bietet Lise Meitner im Sommersemester 1923 an. Noch vier Jahre muß sie dann warten, bis sie am 1. März 1926 die Urkunde in den Händen hält, die sie zu einer außerordentlichen, nicht beamteten Professorin macht. Das ist viel, aber weniger als ihre männlichen Kollegen mit der gleichen Qualifikation bekommen, die haben inzwischen fast alle einen Lehrstuhl inne.

Bis zum Jahre 1933 unterrichtet Professor Lise Meitner, dann wird sie wieder mundtot gemacht. Dieses Mal nicht, weil sie eine Frau, sondern weil sie Jüdin ist. Die Nationalsozialisten werden ihr die Lehrbefugnis entziehen.

Diese Wende kündigt sich bereits im Jahre 1920 an. Eine »Arbeitsgemeinschaft Deutscher Naturforscher« startet Angriffe gegen den Juden Albert Einstein und seine Relativitätstheorie. Einer der schärfsten Kritiker Einsteins ist der Nobelpreisträger und Physiker Philipp Lenard aus Heidelberg. Unter Hitler wird er ein überzeugter Antisemit und veröffentlicht ein vierbändiges Werk über die »Deutsche Physik«, in dem er nur die Arbeiten von rein arischen Physikern vorstellt. Albert Einstein wendet sich im Jahre 1920 mit einem Artikel im Berliner Tageblatt gegen die antisemitischen »Naturforscher«. Daß er damit in die Öffentlichkeit geht, nehmen ihm Kollegen übel. Lise Meitner erlebt diese Auseinandersetzung mit.

»Dieser Artikel, in einer nichtwissenschaftlichen Zeitung publiziert, erregte großes Ärgernis bei einigen der bedeutendsten süddeutschen Physiker, die verlangten, daß Einstein sich bei Lenard entschuldigen sollte. Planck, in seinem Wunsch, Einstein in Deutschland zu behalten, suchte, seiner Natur gemäß, nach einem sachlichen Ausweg. Im Anschluß an eine Tagung, ich glaube es war 1921 [tatsächlich 1920] in Nauheim, sollte eine nur Wissenschaftlern zugängliche Sitzung stattfinden, in der Lenard seine Einwände gegen die Relativitätstheorie vorbringen und Einstein sie beantworten sollte. Den Abend vorher war ich mit Planck zusammen. Er betonte, wie sehnlichst er eine vernünftige Beilegung des Konfliktes wünsche, und daß er alles tun wollte, um Einstein nicht zu verlieren. Er sei auch bereit, zur Besänftigung von Lenard selbst eine geeignete Erklärung zu unterschreiben. In der Sitzung hatte Planck den Vorsitz. Als einer der Gegner der Relativitätstheorie sich gleich zu Anfang zu Wort meldete und über den erwähnten Zeitungsartikel zu sprechen begann, erklärte Planck kurz und scharf, das gehöre nicht zur Sache und entzog dem Redner das Wort. Planck, dem Liebenswürdigkeit die natürliche Umfangsform war, konnte im Bedarfsfall auch scharf sein. Daß diese Auseinandersetzung zwischen Lenard und Einstein zu keinem Ergebnis geführt hat, mag nebstbei erwähnt sein. Aber Einstein blieb jedenfalls bis 1932 in Deutschland.«

Lise Meitner kennt Einstein auch privat. Persönlich liegt ihr der geniale Wissenschaftler mit seiner lockeren, offenen Art nicht so wie der »Geheimrat« Max Planck. Sie verteidigt sich gegenüber ihren physikalischen Kollegen, von denen sie oft den Vorwurf zu hören bekommt, daß sie Planck so viel höher schätze als Einstein. Lise Meitner weiß: »Bohr und Einstein konnten tiefer denken als Planck, das ist mir klar.« Trotzdem steht ihr der bescheidene Geheimrat näher, weil sie »in menschlichen Dingen« ähnlich reagieren.
Ganz unverständlich ist der pressescheuen Physikerin, daß Albert Einstein auch Journalisten empfängt und sich ausfragen läßt. Als sie einmal in Einsteins Berliner Wohnung Zeuge eines Interviews wird, bemerkt sie nach dem Weggang des Reporters, dafür sei ihr die Zeit zu schade. Einstein antwortet der Kollegin: »Aber Lise, der Wissenschaftler will leben, der Straßenkehrer will leben, und der Journalist will auch leben.«

Einstein schätzt die Arbeit seiner Kollegin, sonst würde er Lise Meitner wohl kaum – nach der berühmten französischen Nobelpreisträgerin – »unsere« oder die »deutsche Madame Curie« nennen. Besonders eine Arbeit sichert der Österreicherin die Anerkennung der Fachwelt: Bereits im Jahre 1924 kann sie beweisen, daß bei der Atomstrahlung die Beta-Strahlen vor den Gamma-Strahlen entstehen.
Die Gamma-Strahlen sind den Röntgenstrahlen vergleichbar. Dagegen bestehen die Alpha- und Beta-Strahlen aus positiv bzw. negativ geladenen Teilchen, die beim radioaktiven Zerfall aus dem Atomkern geschleudert werden. Lise Meitner erklärt dazu:

»Der Umstand, daß Alpha- und Beta-Strahlen infolge ihrer großen Geschwindigkeit (die mehr als 20000 bis 100000mal größer ist als die der schnellsten Geschosse) eine sehr große Energie besitzen, macht es zusammen mit der außerordentlichen Verfeinerung unserer Meßapparate möglich, ein einziges Alpha- oder Beta-Teilchen durch seine Wirkungen nachzuweisen, also sozusagen ›sichtbar‹ zu machen; ähnlich wie etwa auf frischgefallenem Schnee eine Skispur verrät, daß ein Skiläufer dort gelaufen ist.«

Auf dieser faszinierenden Spurensuche führt Lise Meitner eine Methode neu in Berlin ein und verbessert sie. Es handelt sich um die Nebelkammer, erdacht von dem Engländer Charles Wilson*. Durch diese mit Wasserdampf gefüllte Kammer schickt sie radioaktive Strahlen. Entlang des Weges der Teilchen verflüssigt sich der Wasserdampf, eine Spur entsteht, die fotografiert werden kann. Lise Meitner erklärt:

»Die Dimensionen aller Atome sind trotz ihres komplizierten Baus sehr klein, die Bahnen der äußersten Elektronen haben Durchmesser von etwa 1/50millionstel cm, und die Atomkerne sind in Kugelräumen von noch mindestens zehntausendmal kleineren Radien konzentriert. Es muß wohl dem Fernstehenden sehr merkwürdig erscheinen, daß man über so kleine Gebilde, die weit jenseits jeder Sichtbarkeitsgrenze liegen, überhaupt etwas aussagen kann.«

Die Arbeiten über die radioaktiven Strahlen, auf die Lise Meitner immer sehr stolz ist, bringen ihr auch erste Auszeichnungen** ein.

* *Charles Wilson,* englischer Physiker (1891–1974), erhielt 1927 den Nobelpreis für Physik.
** siehe Verzeichnis der Ehrungen und Preise Seite 132.

In den Jahren 1924 bis 1925 wird sie außerdem zusammen mit Otto Hahn für den Chemie-Nobelpreis für die Arbeiten über das neue Element Protaktinium vorgeschlagen. Lise Meitner gehört jetzt zu der großen internationalen »Familie der Physiker«, die sich auf Kongressen trifft und gemeinsam zu den Vorträgen von Niels Bohr nach Göttingen reist, die sie scherzhaft »Bohr-Festspiele« nennen. Lise Meitner beeindruckt in dieser Gemeinschaft, daß das Interesse an der Wissenschaft die Gräben – zumindest zwischen den Menschen – überbrückt, die der Erste Weltkrieg zwischen den Nationen gerissen hat. »An sich könnte die Wissenschaft das beste völkerverbindende Mittel sein«, diese Hoffnung gibt sie nie mehr auf.

Ab und zu begegnen der wissenschaftlich so anerkannten Lise Meitner auch in ihrer Physiker-Familie noch männliche Vorurteile. Sie beklagt sich zum Beispiel in einem Brief an Otto Hahn über den englischen Kollegen James Chadwick*:

»Und dann ist es doch nicht ganz wissenschaftlich, eine Arbeit nicht zu glauben, bevor man sie eingehend gelesen hat. Er hätte das einer Arbeit beispielsweise von Geiger [ein Kollege] gegenüber bestimmt nicht getan, es ist eben doch die Mißachtung gegen mich als Frau, die sich darin ausdrückt, und das ist ein bißl bedrückend.« (17. Mai 1922)

Sie ärgert sich – doch letztlich kann sie als intelligente Frau wirklich nur den Kopf schütteln. Das macht sie auch, als ihr folgende Geschichte passiert. In der Zeitschrift »Naturwissenschaftliche Rundschau« veröffentlicht sie einige allgemein verständliche Artikel zu physikalischen Themen, unter die sie nur ihren Familiennamen setzt. Ein Herausgeber des Brockhaus, des großen Nachschlagwerkes, wird aufmerksam und bittet die Redaktion um die Adresse dieses Herrn Meitner. Er will ihn als Autor für einen Lexikonbeitrag über Radioaktivität gewinnen. Aber als die Antwort das wahre Geschlecht enthüllt, schreibt der Brockhaus-Herausgeber ärgerlich zurück, er würde nicht daran denken, einen von einer Frau verfaßten Beitrag zu drucken. »Und

* *James Chadwick,* englischer Physiker (1891–1974), erhielt 1935 den Nobelpreis für Physik.

das, nachdem er meine früheren Artikel gelesen und wohl auch gemocht hatte.«
Lise Meitner schüttelt nur den Kopf über soviel Ignoranz.

Durch ihre eigenen Erfahrungen hat Lise Meitner schon begriffen, daß es Frauen schwerer haben, ihren wissenschaftlichen Weg zu gehen. Als Studentin muß sie zu Professor Anton Lampa öfters gesagt haben: »Mädchen haben es so viel schwieriger als Jungen.« Denn als Lise Meitner bereits eine anerkannte Wissenschaftlerin ist, nennt Lampa sie immer noch »das Mädchen«.
Doch die Physikerin jammert nie. Entweder wartet sie ab, oder sie handelt und überzeugt durch ihre Arbeit. Der allerdings widmet sie sich bedingungslos. Eine Familie *und* ein Beruf kommen für sie nicht in Frage. Als junge Frau ging sie eher unbewußt diesen Weg, als alte Dame formuliert sie ganz klar zum Thema Kinder und Karriere:

»All das kann eine zu große Belastung werden. Das gilt für jede berufstätige Frau, ob sie Lehrerin, Ärztin oder Wissenschaftlerin ist. Ich sage nicht, es ist notwendigerweise zuviel, aber es *kann* zuviel sein.«*

Seit sie zum ersten Mal die kaiserlich-königliche Universität zu Wien betreten hat, ist Lise Meitner stetig auf der naturwissenschaftlichen Karriereleiter nach oben geklettert, scheinbar mühe- und problemlos. Anfang der fünfziger Jahre spricht sie im Sender Radio Bremen über »Frauen in der Wissenschaft«. Sie bekennt in dem Rundfunkbeitrag, daß sie sich damals in Berlin nicht »ernsthaft« um dieses Thema gekümmert hat:

»Infolgedessen habe ich auch sehr wenig über die Entwicklung der Frauenbewegung gewußt. Natürlich hatte ich das eine oder andere über die Frauenfrage gelesen. Aber ich glaubte nicht, daß etwa ein Buch wie ›Der physiologische Schwachsinn des Weibes‹ von Moebius, obwohl es von 1900 bis 1920 in zwölf Auflagen herauskam, ... ernst genommen und widerlegt werden mußte. Später habe ich begriffen, wie irrtümlich diese meine Auffassung war und wieviel Dank speziell jede in einem geistigen Gebiet tätige Frau den Frauen schuldig ist, die um die Gleichberechti-

* Übersetzung der Verf.

gung kämpfen. Daß ich erst relativ spät zu dieser Einsicht gekommen bin, lag an den besonders glücklichen Umständen in meiner wissenschaftlichen Entwicklung.«

ZITATE VON DR. PAUL JULIUS MÖBIUS (1853–1907)

Gelehrte und künstlerische Frauen sind Ergebnisse der Entartung. Nur durch Abweichung von der Art, durch krankhafte Veränderungen kann das Weib andere Talente, als die zur Geliebten und Mutter befähigenden, erwerben.

Schützt das Weib gegen den Intellectualismus.

Wollen die »Intellectuellen« ihre Geschlechter erhalten und in ihren Nachkommen fortleben, so müssen sie vor allem streng darauf achten, daß ihre Frauen gesunde Weiber und nicht Gehirndamen sind.

Körperlich genommen ist, abgesehen von den Geschlechtsmerkmalen, das Weib ein Mittelding zwischen Kind und Mann und geistig ist sie es, wenigstens in vielen Hinsichten, auch.

Auch nachdem Lise Meitner, inzwischen respektvoll die Meitnerin genannt, eine eigene Abteilung leitet, reißt der Kontakt zwischen ihr und Otto Hahn nicht ab. Ihr Arbeitszimmer liegt im Erdgeschoß, Hahns Büro im ersten Stock des Kaiser-Wilhelm-Instituts. Der gesamte rechte Flügel im Erdgeschoß gilt als »Privatlabors« der beiden Chefs. Zwischen allen besteht ein reger, wissenschaftlicher Gedankenaustausch. Immer nach dem Mittagessen treffen sich die Mitarbeiter von Lise Meitner und Otto Hahn in einem Teezimmer. Sie trinken Tee, lesen die neuesten Zeitschriften und diskutieren, aber ohne die zwei Chefs, die derweil eine Mittagspause machen. Diese sogenannte Teesitzung beendet eine Sekretärin, die erscheint, die Zeitschriften einsammelt und wieder auf die Chef-Schreibtische zurücklegt.
Die viele Teetrinkerei im Institut nimmt Gustav Hertz*, der für seinen skurrilen Humor bekannt ist, zum Anlaß, Lise Meitner

* *Gustav Hertz* (1887–1975), deutscher Physiker, er erhielt 1925 zusammen mit *James Franck* den Physik-Nobelpreis für den Franck-Hertz-Versuch.

gründlich zu erschrecken. Hertz, dessen kahler Kopf wie eine Billardkugel glänzt, lehnt bei einem Besuch im Labor den angebotenen Tee ab: »Das Zeug ist mir verleidet, geben Sie mir Alkohol.« Er läßt sich von einem Studenten eine Flasche mit reinem Alkohol aus dem Regal reichen. Lise Meitner ist entsetzt: »Aber Hertz, Sie können das unmöglich trinken, es ist reines Gift.« Der Angesprochene läßt sich nicht stören, gießt ein Glas voll und trinkt – ohne Schaden zu nehmen. Er hat zuvor den Alkohol durch Wasser ersetzt.
Lise Meitner erinnert sich:

»In dieser Arbeitsgemeinschaft herrschte ein guter Geist und eine fröhliche Stimmung, ein Widerschein von Hahns Persönlichkeit. Das wirkte sich nicht nur sehr günstig in der Arbeit aus, sondern kam auch immer wieder bei den Weihnachts- oder Geburtstagsfeiern, bei Sommerausflügen und ähnlichen Gelegenheiten zum Ausdruck. Bei einer dieser Feiern wurden unsere beiden Abteilungen als Hühnerhof in Versen geschildert, wobei wohl jeder etwas abbekam, aber im Einklang mit dem Motto: Nur verulken, nicht verletzen wollen wir nach den Gesetzen, die der Tag den Menschen zieht. Guter Witz die Bosheit flieht.«

Auch sie selbst beherrscht den guten Witz. Ihren alten Kollegen Hahn, den sie inzwischen duzt, weist sie gerne mit dem Satz zurecht: »Hähnchen sei still, von Physik verstehst du nichts.«

Lise Meitner hat das Institut im Griff. Die Studenten und Assistenten spüren, daß diese zarte, zierliche Person energisch durchgreifen kann. Als Otto Hahn und Lise Meitner wieder einmal einen Aushang an der Materialausgabe gemeinsam unterzeichnen, stellen Leute aus dem Institut mit einem Korrekturzeichen zwei Buchstaben im Vornamen Lise um. So steht schließlich unter dem Aushang: »Otto Hahn, lies Meitner«.
Sie achtet besonders streng darauf, daß alle Institutsmitglieder die Schutzvorschriften für den Umgang mit radioaktiven Substanzen einhalten. Um eine Verseuchung zu verhindern, dürfen die »aktiven« Leute nur auf bestimmten Stühlen sitzen. Diese Stühle sind mit gelber Farbe kenntlich gemacht. Toilettenpapierrollen hängen neben den Telefonen und Türklinken. Nur mit diesem papiernen Schutz dürfen die Radioaktiven Klinke oder Hörer

anfassen. Alle begrüßen sich ohne Händedruck und gewöhnen sich das Händewaschen an.

Lise Meitner verbietet allen, radioaktive Substanzen durch das Haus zu tragen oder ihren Raum mit strahlenden Präparaten zu betreten. Eines Tages, als sie in ihrem Zimmer über einem Elektroskop sitzt, klopft es an der Tür. Sie begrüßt den hereintretenden Briefträger, ohne sich umzudrehen: »Ach, Sie bringen mir etwas aus England!« Der Briefträger ist erstaunt: »Können Sie das darin sehen?« Lise Meitner hat mit ihrem Gerät einen radioaktiven Ausschlag registriert. In dem Paket befinden sich nämlich radioaktive Präparate, die sie in England bestellt hat. Weil sie weiß, daß keiner ihrer Mitarbeiter es wagen würde, mit einem radioaktiven Präparat ihr Arbeitszimmer zu betreten, kann sie zur Verblüffung des Briefträgers »hellsehen«.

Widersetzen sich die Mitarbeiter ihren Anordnungen oder stellen irgend etwas an, beordert Lise Meitner sie zu einer Strafpredigt in ihr Arbeitszimmer mit den alten Korbstühlen.

Die Institutsmitglieder nennen die strenge Lise Meitner in ihrer Abwesenheit »Lischen«. Denn sie kann auch sehr verständnisvoll sein. Kommen ihre Studenten mit einem wissenschaftlichen Problem nicht weiter, tröstet Lise Meitner sie mit dem Satz: »Wissenschaft ist meistens Kummer.« Sie hat ja selbst erlebt, daß auch einige ihrer Annahmen falsch waren. Mußte sie einen Fehler einsehen, war das für sie immer »ein Schock«, meint ihr Neffe Otto Robert Frisch. Sie hatte dann wohl das Gefühl, daß es höchst ungerecht sei, wenn sie – die doch der Natur und der Physik wirklich gedient habe – von dem Atom getäuscht werde.

»Lischen« interessiert sich auch für die persönlichen Sorgen ihrer Assistenten und Studenten. Mit einigen bleibt sie bis ins hohe Alter in persönlichem Briefkontakt. Als ihr ehemaliger Doktorand Arnold Flammersfeld sie in einem Brief an eine Geschichte mit einem undicht gewordenen Strahlenpräparat erinnert, bei der Lise Meitner wohl sehr ärgerlich wurde, antwortet sie ihm:

»Ich habe mir überlegt, ob ich in ähnlichen Fällen in Dahlem Ihnen oder anderen Mitarbeitern wirklich ›schlaflose Nächte‹ bereitet habe. Ich hoffe, Sie alle hatten einen zu gesunden Schlaf für solche Katastrophen. Nebenbei hatte ich in Dahlem bei allem Altersunterschied immer das gute Vertrauensverhältnis zu den jungen Mitarbeitern als ein großes Plus in meinem Leben empfunden und war mir gar nicht bewußt, daß ich im Notfall so energisch ›dreinfahren‹ konnte. Aber das muß ich offenbar manchmal getan haben – ich kann nachträglich nur hoffen, daß ich Sie alle mehr durch sachliche Gründe, als durch mein Dreinfahren überzeugt habe.«

Lise Meitner wohnt inzwischen – Stellung und Titel angemessen – in der Institutsvilla gleich neben ihrer Arbeitsstätte. Ihre Wohnung mit den sieben hohen, großen und repräsentativen Zimmern liegt im Erdgeschoß. Weil sie Angst vor Einbrechern hat, läßt sie das Fenster ihres Schlafzimmers vergittern. Den Haushalt führt ihr eine Haushaltshilfe. Wenn sie einmal ohne richtige Haushaltshilfe ist, empfindet sie das als »eine Art Krankheit«. »Ich konnte mir Lise Meitner nie in der Küche vorstellen«, erinnert sich Anna-Greta Eklund*.

Lise Meitner paßt sicher besser in ihr Labor. Im Institut taucht sie spätestens morgens zwischen acht und neun Uhr auf. Wenn sie mit energischem und schnellen Schritt durch die Eingangshalle geht und dabei zufällig einen Zuspätkommenden trifft, fragt sie unwirsch: »Sie haben wohl den Zug verpaßt?« Nach der zweistündigen Mittagspause arbeitet sie meistens bis spät in die Nacht. Gegen 23 Uhr taucht sie manchmal – immer noch im weißen Kittel – im Zimmer eines Doktoranden auf, bringt Kekse mit und plaudert ein wenig.

Von der vielen Arbeit erholt sich Lise Meitner im Urlaub – die Ferienzeiten des Kaiser-Wilhelm-Instituts sind reichlich bemessen. Sie bekommt im Sommer sechs Wochen, zu Weihnachten und zu Ostern je zwei und zu Pfingsten eine Woche Urlaub. Wenn sie nicht ihre Familie in Wien besucht, reist sie in die österreichischen Berge. In diesen Jahren sieht sie auch Venedig, Florenz, den Comer See und Bozen. In ihren Ferien faulenzt sie gern alleine oder wandert mit ihrem Bruder Walter und dessen Frau Lotte, die eine berühmte Portraitfotografin ist und Lise Meitner oft fotografiert hat.

Ein Wehmutstropfen fällt in diese »schönsten Jahre« Lise Meitners. Im Dezember des Jahres 1924 stirbt ihre Mutter, vierzehn

* Ehefrau von *Sigvard Eklund,* sie lernt *Lise Meitner* in Stockholm (nach 1938) näher kennen.

Jahre nach dem Tod von Philipp Meitner. Lise Meitner, die in Wien weilt, schreibt Otto Hahn nach Berlin, ihre Mutter sei

»... seit meiner Ankunft nur mehr minutenweise wach und hat wahrscheinlich nicht gelitten. Aber wissen kann man es nicht. Wir haben sie gestern – ihrem testamentarischen Wunsch gemäß – in stiller Weise ohne jeden Blumengruß beerdigt.«

Ein Mitglied der Familie Meitner zieht 1927 nach Berlin: Otto Robert Frisch, der Sohn von Lise Meitners verheirateter, älterer Schwester Auguste. Der Physiker arbeitet in der Physikalisch-technischen Reichsanstalt und bleibt drei Jahre in der deutschen Metropole. Otto Robert Frisch trifft seine Tante in Berlin häufiger. In seinen Lebenserinnerungen beschreibt er, wie sie sich zusammen durch vierhändige Klavierstücke gearbeitet haben:

»Die Überschrift ›Allegro, ma non tanto‹ übersetzte sie ›schnell, aber nicht Tante‹. Sie führte mich auch ins Konzertleben ein: Dank ihr hörte ich Brahms-Sinfonien und viel klassische Kammermusik zum ersten Mal.«

Mit ihrem Kollegen Max von Laue* genießt Lise Meitner die vielfältigen musikalischen Angebote der Großstadt Berlin. In diesen Jahren vertieft sie viele Freundschaften, natürlich die zu Otto Hahn und dessen Frau Edith, und zu James Franck. In ihrem Leben spielt Elisabeth Schiemann weiterhin eine große Rolle. Der Biologin dichtet Lise Meitner zu einem Geburtstag folgendes Gedicht:

»Als Physikerin zwar an Formeln gewöhnt
scheint's gleichwohl mir heute zu schwer
die Formel zu finden, die zierlich verschönt
des Tages recht würdig wäre.
Drum wähl ich aus deinem Gebiet mir aus
den ›Stoff zu meinem Gedicht‹.
Hier hast du's in diesem Blumenstrauß,
wir wünschen, was er verspricht.«

* *Max von Laue* (1879–1960), deutscher Physiker, arbeitete ab 1919 in Berlin. Im Jahre 1914 erhielt er den Physik-Nobelpreis u. a. für den Nachweis der Gitterstruktur von Kristallen. Er leitete und organisierte in Berlin die berühmten Mittwochs-Kolloquien, zu denen Lise Meitner so gerne hinging.

Die bange Frage, »Wird es mir gelingen, eine Wissenschaftlerin zu werden?«, die sie sich als junges Mädchen gestellt hat, kann Lise Meitner im Jahre 1933 getrost mit einem lauten und stolzen Ja beantworten.
Von 1920 bis 1933 hat Lise Meitner – allein und zusammen mit Mitarbeitern – über fünfzig Arbeiten veröffentlicht. Fritz Haber teilt das Leben eines Forschers in drei Abschnitte ein: Werden, Sein, Bedeuten. Wenn man ihm folgt, so war Lise Meitners »Werden« die Holzwerkstatt in Berlin, und ihr »Sein« der Aufbau der eigenen kernphysikalischen Abteilung am Kaiser-Wilhelm-Institut. Daß sie eine international anerkannte Atomphysikerin geworden ist, zeigt sich besonders in der Einladung zu der 7. Solvay*-Konferenz im Herbst des Jahres 1933, die in Belgien stattfindet. Tagungsthema sind die Struktur und die Eigenschaften des Atomkerns. Ein Abschlußfoto dieser großen Tagung zeigt sie inmitten der berühmtesten Wissenschaftler der damaligen Zeit. Sie sitzt an einem langen Tisch etwas entfernt von zwei anderen Frauen, der inzwischen weißhaarig gewordenen Madame Curie und deren Tochter Irène.

Dieses Leben, das sich Lise Meitner wohl so immer gewünscht hat, werden die politischen Ereignisse in Deutschland zerstören. Im Frühjahr 1933 haben die Nationalsozialisten bereits die Macht ergriffen. Lise Meitner bleibt noch eine Gnadenfrist von fünf Jahren.

* Benannt ist dieses Treffen nach dem belgischen Chemiker *Ernest Solvay* (1838–1922).

Die Jüdin gefährdet das Institut

Beginn des Nationalsozialismus, Entzug der Lehrbefugnis, das Team Hahn-Meitner-Straßmann, der Anschluß Österreichs und Fluchtvorbereitungen
1933–1938

Adolf Hitler wird am 30. Januar 1933 zum Kanzler einer Koalitionsregierung ernannt. Im März gibt die Kaiser-Wilhelm-Gesellschaft ihren Instituten die Anweisung, eine Hakenkreuzfahne zu hissen, die Kosten werden übernommen. Die neu bestellte Fahne weht bereits in Dahlem, als Lise Meitner ihrem Kollegen Otto Hahn, der als Gastprofessor in den Vereinigten Staaten weilt, von diesen Veränderungen berichtet. Sie schreibt ihm am 21. März, dem Tag, an dem der neue Reichstag feierlich eröffnet wird:

»Eben waren Frau Geh. [eimrat] Schumann und Edith* da, um die Radio-Übertragung der Potsdamer Feier zu hören. Sie war durchaus harmonisch und würdevoll. Hindenburg sprach ein paar kurze Sätze und übergab das Wort an Hitler, der sehr machtvoll, taktvoll und persönlich sprach. Hoffentlich geht es in diesem Sinne weiter. Wenn die besonnenen Führer ... sich durchsetzen, so kann man eine schließlich zum Guten sich auswirkende Entwicklung erhoffen. Daß die Übergangszeiten allerlei Mißgriffe bedingen, ist ja fast unvermeidlich. Es hängt jetzt alles von einem vernünftigen Maßhalten ab.«

Lise Meitner irrt sich. Drei Tage, nachdem sie den Brief geschrieben hat, reißt Hitler mit dem Ermächtigungsgesetz die ganze Macht im Staate an sich. Am 1. April ruft er einen Tag des Juden-Boykotts aus. Die Nationalsozialisten gehen schnell vor. Am 7. April 1933 wird das »Gesetz zur Wiederherstellung des Berufsbeamtentums« verabschiedet. Paragraph 3 sieht die Entlassung aller Beamten »nichtarischer Abstammung« vor. Auch Lise Meitner muß den offiziellen Fragebogen ausfüllen. Unter Punkt 7, der die Rassenzugehörigkeit der Großeltern abfragt, schreibt sie »nicht-arisch«.

* Frau von *Otto Hahn*

Im Institut entsteht eine recht große, nationalsozialistische Zelle. Nachdem die vorgeschriebenen Beurlaubungen durchgeführt sind, beginnt an den Hochschulen wieder der Vorlesungsbetrieb. »Es geht alles ganz ordnungsgemäß«, schreibt Lise Meitner im Mai an Otto Hahn, doch sie selbst fühlt sich »derzeit etwas unbrauchbar«.
Wegen der politischen Lage tritt Fritz Haber, der Direktor des Kaiser-Wilhelm-Instituts für physikalische Chemie, zurück. Der jahrelange wissenschaftliche Nachbar von Lise Meitner und Otto Hahn ist Jude. Die Physikerin erinnert sich 1957 in einem Brief an Max Born an diese Zeit:

»In den ersten Monaten der Hitler-Regierung, als er [Planck] besonders um Haber zu kämpfen versuchte, sagte er einmal richtig verzweifelt: ›Was soll ich nur machen, es ist ja ein Gesetz.‹ Und als ich darauf sagte: Aber wie kann etwas so Gesetzloses ein Gesetz sein? schien er buchstäblich erleichtert.«

Lise Meitner, die den Amerikabesucher Hahn auf dem laufenden hält, beruhigt ihn nach dem Rücktritt Habers. Er müsse nicht sofort zurückkommen, aber er solle doch seine Reise nach Kalifornien aufgeben. Sie empfindet nicht nur Habers Rücktritt als schmerzlich. Auch »die geschäftige Tüchtigkeit all derer, die meinen, jetzt sei durch zur Schau gestellte Gesinnungstüchtigkeit ein persönlicher Vorteil zu gewinnen«, betrübt sie.
Otto Hahn kehrt Ende Juni nach Berlin zurück, das sich inzwischen so grundlegend verändert hat. Seit die Nationalsozialisten immer mehr ihre wahre Absicht offenbaren, überlegt sich auch Lise Meitner, ob sie als Professorin zurücktreten und Deutschland verlassen soll, wie so viele ihrer Kollegen und so viele Künstler. Dr. Carl Bosch von der Firma IG Farben, die das Kaiser-Wilhelm-Institut mitfinanziert, versucht bereits im April, sie davon abzuhalten. Er schreibt Lise Meitner, daß »intensiv versucht wird, für verdienstvolle Männer und Frauen der Wissenschaft, die unter das Beamtengesetz fallen, besondere Regelungen zu erreichen«. Er bittet sie, keinerlei Rücktrittsgedanken zu hegen, sondern einstweilen wie bisher ihre Tätigkeit fortzusetzen.
Auch Max von Laue, Otto Hahn und besonders Max Planck raten

Lise Meitner zum Hierbleiben. Sie ist schließlich Österreicherin, und ihre Staatsbürgerschaft schützt sie vor Zugriffen der deutschen Nationalsozialisten. Im Juli 1933 wird Lise Meitner jedoch für das kommende Wintersemester beurlaubt. Hahn und Planck schreiben daraufhin im August 1933 an das Preußische Ministerium für Wissenschaft, Kunst und Volksbildung in Berlin und setzen sich für das Verbleiben Lise Meitners als Professor an der Universität Berlin ein.
Geheimrat Planck betont, daß Lise Meitner in ihrem Fachgebiet eine Autorität ersten Ranges mit internationaler Anerkennung sei. Er fügt hinzu:

»Ihr Ausscheiden würde in den weitesten Kreisen Aufsehen erregen, kaum minder, als das von Herrn Haber, wobei noch der Umstand verschärfend wirken würde, daß der Rücktritt nicht, wie bei diesem, ein freiwilliger wäre. Wie ernst gegenwärtig die Situation im Ausland beurteilt wird, läßt sich daraus ersehen, daß erst kürzlich zwei Rockefeller-Stipendiaten, die sich für den Winter zur Arbeit im Meitnerschen Institut angemeldet hatten, mit Rücksicht auf die politischen Verhältnisse ihre Anmeldung zurückgezogen haben. Es ist dringend zu wünschen und entspricht ja auch daher den Absichten des Herrn Reichskanzlers, daß das Vertrauen auf den Eintritt stabiler Zustände, das nun einmal für die Sammlung zur wissenschaftlichen Arbeit unbedingt nötig ist, endlich wiederkehrt, und daß gewissen Leuten, die weniger an der Pflege der Wissenschaft, als an der Erregung von Unruhe interessiert sind, das Handwerk gelegt wird.«

Die berühmten Fürsprecher nützen nichts. Am 11. September 1933 wird Lise Meitner die Lehrbefugnis entzogen. Sie bleibt trotzdem, nicht nur weil sie Österreicherin ist, auch die Atmosphäre am Institut beeinflußt ihre Entscheidung. Otto Hahn, der seit 1929 als alleiniger Direktor das Kaiser-Wilhelm-Institut für Chemie leitet, tritt Anfang 1934 zum Beispiel aus dem Lehrkörper der Universität aus – aus Solidarität mit den entlassenen jüdischen Kollegen. Unter den Mitarbeitern selbst sind die wenigen überzeugten Nazis bekannt. Vor denen nehmen sich alle in acht, der Rest hält zusammen.
Fast trotzig und auch ein wenig realitätsfern versuchen die Institutsmitglieder alles zu tun, damit die wissenschaftliche und

menschliche Gemeinschaft erhalten bleibt. Lise Meitner weiß um diese »erstaunliche Besonderheit unseres Kreises«. Sie fühlt sich sicher, und gelegentlich erzählt sie, daß sie als Österreicherin alle Aufforderungen der Partei in den Papierkorb werfen könne. Lise Meitners Doktorand Flammersfeld bringt es auf den Punkt: »Politisch war das Institut eine Oase.«
Die Ausnahmesituation am Institut macht es der Physikerin leicht, in Berlin zu bleiben. Wie so viele andere »Nichtarier« verdrängt auch Lise Meitner. Vielleicht klammert auch sie sich an die Hoffnung, daß alles wie ein Spuk vorübergehen wird und eigentlich nicht schlimmer werden kann. Warum soll sie, die sich in ihrer »Oase« so sicher fühlt, alles verlassen und aufgeben, was sie seit 1907 liebgewonnen und beruflich erreicht hat? Zudem ist sie bereits 55 Jahre alt, das macht ein Weggehen nicht einfacher. Am Beginn der nationalsozialistischen Terrorherrschaft hat Lise Meitner nicht die Kraft und die Weitsicht, Deutschland, ihre zweite Heimat, zu verlassen. So verständlich dieser Entschluß ist, so bitter bereut Lise Meitner ihn später. Nach dem Zweiten Weltkrieg schreibt sie an Otto Hahn:

»Heute weiß ich, daß es nicht nur dumm, sondern ein großes Unrecht war, daß ich nicht sofort weggegangen bin ... denn letzten Endes habe ich durch mein Bleiben doch den Hitlerismus unterstützt.«

Wäre Lise Meitner nicht in Berlin geblieben, so hätte sie Otto Hahn im Jahre 1934 nicht zu einer neuen gemeinsamen – und folgenschweren – Arbeit überreden können.
Aus Fachzeitschriften erfährt sie von neuen Versuchen des Italieners Enrico Fermi*. Der italienische Physiker beschießt das schwerste bekannteste Element, das Uran, mit Neutronen. Das Neutron wurde erst 1932 von dem Engländer James Chadwick entdeckt. Dieser neue wichtige Baustein des Atomkerns ist elektrisch nicht geladen. Das Teilchen kann leichter in den positiv geladenen Atomkern eindringen, da es nicht abgestoßen wird.

* *Enrico Fermi* (1901–1954), italienischer Physiker. Er war in den vierziger Jahren für den Bau des ersten Kernreaktors in Chicago verantwortlich. 1938 erhielt er für seine Transuran-Entdeckung den Physik-Nobelpreis.

Fermi möchte durch den Neutronenbeschuß aus dem Uran ganz neue, künstliche und sehr schwere Elemente schaffen, die er »Transurane« nennt.

Lise Meitner ist von diesen Versuchen fasziniert. Sie will unbedingt wieder mit Hahn zusammenarbeiten. Denn sie weiß genau, daß sie mit der Physik allein nicht weiterkommen kann. Es braucht einen so ausgezeichneten Chemiker wie Hahn, wenn die Versuche erfolgreich sein sollen. Sie erinnert sich: »Ich habe mehrere Wochen gebraucht, bis sich Otto dafür interessiert hatte.« Sie nehmen die seit Jahren unterbrochene, direkte Zusammenarbeit wieder auf.
Zu der Arbeitsgruppe Hahn-Meitner stößt Anfang 1935 der junge Chemiker Fritz Straßmann, der als Assistent am Kaiser-Wilhelm-Institut arbeitet. Das Team Hahn-Meitner-Straßmann formiert sich. Sie beginnen mit den Versuchen, die schließlich zur Kernspaltung führen werden.
Anfang 1935 stirbt der nach England emigrierte Fritz Haber während eines Aufenthaltes in der Schweiz. Die Nationalsozialisten verbieten, eine Gedenkfeier für den verstorbenen jüdischen Wissenschaftler in Berlin abzuhalten. Otto Hahn und Max Planck widersetzen sich. Lise Meitner erinnert sich:

»Als er [Max Planck] bei der Vorbereitung der Totenfeier für Fritz Haber auf die größten Widerstände seitens aller Behörden stieß ... sagte er am Abend vor der Feier zu mir: ›Diese Feier werde ich machen, außer man holt mich mit der Polizei heraus.‹ Und er hat sie gemacht und mit den Worten geschlossen: ›Haber hat uns die Treue gehalten, wir werden ihm die Treue halten.‹«

In der Gedenkfeier sitzt Lise Meitner neben Fritz Straßmann und Max Delbrück. Gekommen sind auch die Frauen der Professoren, denen die Teilnahme durch Rundschreiben und Erlasse untersagt wurde. Diese Feier, die einen kleinen, aber immerhin sichtbaren Widerstand gegen das Hitler-Regime leistet, setzt Hahns Kaiser-Wilhelm-Institut für Chemie bei den Nazis nicht ins beste Licht. Hahn und seine Mitarbeiter gelten fortan als politisch verstockt. Trotz allem arbeitet das Team Hahn-Meitner-Straßmann weiter.

Lise Meitner veröffentlicht im Jahre 1935 zusammen mit Max Delbrück, ihrem theoretischen Hausphysiker, ein Buch mit dem Titel »Der Aufbau der Atomkerne«. Im gleichen Jahr schlägt Max Planck wiederum Otto Hahn und Lise Meitner zusammen für den Chemie-Nobelpreis des nächsten Jahres vor. Von 1932 bis 1938 sind in Lise Meitners Publikationsliste 30 Artikel vermerkt!
Im Jahre 1936 setzt Max von Laue Lise Meitner allein auf die Vorschlagsliste für den Nobelpreis des nächsten Jahres. Er beabsichtigt wohl auch, die »Jüdin« mit einer solchen Anerkennung zu schützen. Denn während die Nationalsozialisten inzwischen allen Deutschen die Annahme des Preises verbieten, könnte sie als Österreicherin den Preis in Empfang nehmen. Lise Meitner weiß davon, denn Otto Hahn schreibt ihr im Dezember 1938, daß ein Kollege ihm gesagt hat, wie er sich freuen würde, wenn sie den Preis der edlen Physiker bekäme. Auch Max Planck ist einverstanden: »Der Plan ist mir sehr sympathisch.«
Im Institut kann Lise Meitner zwar ungestört und unbehelligt von der Politik arbeiten, aber ein öffentliches Auftreten ist ab 1936 nicht mehr möglich. An den von ihr so geschätzten physikalischen Kolloquien des Max von Laue darf sie nicht mehr teilnehmen, und die Erlanger Chemische Gesellschaft lädt nur Otto Hahn zu einem Vortrag über eine gemeinsam verfaßte Arbeit ein. Er schreibt dem Veranstalter:

»Man hört dann dauernd im wesentllichen nur meinen Namen für eine Untersuchung, an der Lise Meitner mindestens ebenso beteiligt ist wie ich. Dies liegt natürlich an Verhältnissen, gegen die wir nichts machen können. Aber es kommt mir doch nicht ganz recht vor, wenn ich sozusagen auf etwas reise, was nicht mein alleiniges Eigentum ist. Ich glaube sicher, Sie werden meinen Standpunkt verstehen und es mir nicht verdenken, wenn ich Ihnen diesmal abschreibe ...«

Alle im Institut nehmen unabhängig von ihrer politischen Einstellung regen Anteil an den Experimenten der Arbeitsgruppe Hahn-Meitner-Straßmann. Die Berliner stehen in einer gewissen Konkurrenz zu einer Arbeitsgruppe in Paris. In Frankreich arbeitet Irène Curie, zusammen mit ihrem Ehemann Frédéric Joliot, an den gleichen Versuchen. Diesem wissenschaftlichen Wettrennen widmen die Institutsangehörigen, wahrscheinlich bei der Weihnachtsfeier im Jahre 1937, folgende Verszeilen:

Hört des Sängers Klagelied:
Böse Menschen haben wieder
in Paris das Transuran
eh'r gemacht als Meitner-Hahn.

»Ach«, jammert Frl. Meitner nun,
»Hähnchen, was ist da zu tun?
Haben wir nicht längst verkündet,
daß man Transurane findet?
Haben nicht mit vieler Müh'
untersucht wir die Chemie?«
Und Tränen vergießt das noble Paar,
daß das Nobelpaar eh'r fertig war.
Und sie schwören feierlich,
bald dafür zu rächen sich.*

Nicht einmal ein Vierteljahr nach der fröhlichen Weihnachtsfeier marschieren Hitlers Truppen in Österreich ein. Der »Anschluß« von Lise Meitners Heimatland ist vollzogen. Aus der Österreicherin wird am 12. März 1938 eine deutsche Jüdin. In dieser neuen Situation macht ihr ein Nazi-Vertreter am Institut Schwierigkeiten.

Das NSDAP-Mitglied Kurt Heß, der eine Gastabteilung im Oberstock der Dahlemer Forschungsstätte leitet, versucht über Hahn ein weiteres Arbeitszimmer zu bekommen. Hahn hält ihn durch eine halbe Zusage hin, bespricht die Angelegenheit mit Lise Meitner und lehnt schließlich ab. Heß macht daraufhin eine Anzeige gegen Lise Meitner: Die Jüdin verhindere, daß er Räume zu kriegswichtigen Arbeiten bekomme. Er soll wörtlich gesagt haben: »Die Jüdin gefährdet das Institut.«

Andere Parteienvertreter, die Lise Meitner wohlwollend gegenüber stehen, raten Hahn zu einer Unterredung mit dem Schatzmeister der Kaiser-Wilhelm-Gesellschaft. Das Gespräch zwischen Hahn und Heinrich Hörlein, der für die Finanzierung des Insti-

* Im Jahre 1935 erhält das Ehepaar *Joliot-Curie* den Chemie-Nobelpreis für seine Entdeckung der künstlichen Radioaktivität. Darauf bezieht sich in dem Gedicht das Wort »Nobelpaar«.

tutsbetriebs zuständig ist, findet im März des Jahres 1938 statt. Aus Hahns Sicht stellt sich die Unterredung folgendermaßen dar:

»Da verlor auch ich etwas die Nerven und sprach bei einer Unterredung mit Hörlein über Lise Meitner und die neue dumme Situation seit der Einverleibung Österreichs. Hörlein schlug vor, Lise möge doch ihre Stelle kündigen, es sei ja nichts mehr dagegen zu machen – sie könne eventuell inoffiziell noch weiterarbeiten. Genau weiß ich nicht mehr, welches die konkreten Vorschläge waren. Unglücklicherweise berichtete ich diese Unterredung an Lise am 22. März 1938. Lise war sehr unglücklich und böse mit mir, daß ich sie nun auch im Stich gelassen hätte.«

Lise Meitner ist verzweifelt. Ihre Wut richtet sich gegen Hahn, der ihr den Vorschlag Hörleins übermittelt, sie solle etwa in zwei Tagen aufhören, im Institut zu arbeiten: »Da habe ich mich dagegen gewehrt und gesagt, ich habe doch gar keine Möglichkeit, wo ich hingehen kann.« Sie schickt ein Telegramm an den Präsidenten der IG Farben, Carl Bosch. Er kommt prompt nach Berlin, und sie haben eine Unterredung. Auch er stimmt mit dem Vorschlag von Hörlein nicht überein und verspricht Lise Meitner, an einen »anständigen Nazi im Ministerium« zu schreiben. Am 20. Mai 1938 richtet Bosch einen Brief an den Reichsminister Wilhelm Frick und bittet, der Wissenschaftlerin, Professor Lise Meitner, die Ausreise in das neutrale Ausland zu gestatten.
Eine ungewisse Zeit beginnt für Lise Meitner. Anfang Juni schreibt ihr James Franck, der bereits 1933 emigriert ist, aus Amerika einen Brief für den amerikanischen Konsul in Berlin. Darin verspricht er, Lise Meitner finanziell zu unterstützen »im Falle, daß sie in die Vereinigten Staaten emigriert«. James Franck, der damals noch an der John Hopkins-Universität arbeitet, jedoch bereits ein Angebot der Universität Chicago akzeptiert hat, legt dem amerikanischen Konsul in Berlin seine gesamte finanzielle Situation offen. Zur gleichen Zeit will Max von Laue von einem Geheimerlaß gehört haben, der jedem Universitätsgelehrten in Zukunft verbietet, Deutschland zu verlassen – egal, ob Jude oder nicht Jude. Lise Meitner bangt um ihre Zukunft.

»Wie ich das gehört habe, hatte ich Angst, sie werden mich in Deutschland festhalten, und ich werde nicht arbeiten können.«

Gemeinsam mit Hahn sucht sie den niederländischen Physiker Peter Debye auf, der in Berlin arbeitet. Sie bitten ihn, einen Brief an seinen Landsmann Dirk Coster zu verfassen, der in Groningen Professor ist. Ein Brief von Lise Meitner oder Otto Hahn könnte kontrolliert und aufgehalten werden. Der Brief erreicht Coster, der schnell reagiert und mit einem verschlüsselten Telegramm antwortet: »Ich schaue mir den Assistenten an, und wenn er mir gefällt, nehme ich ihn gleich mit.« Die Fluchtvorbereitungen laufen an.
In dieser unsicheren Situation zieht Lise Meitner in das Hotel Adlon in Berlin. Die Antwort des Ministeriums auf den Bittbrief von Carl Bosch trifft ein. Lise Meitner notiert in Stenoschrift den Inhalt auf einem Briefbogen des Hotels:

»Sehr geehrter Herr Geheimrat!
Im Auftrag des Herrn Reichsministers darf ich Ihnen auf Ihr Schreiben vom 20. vorigen Monats ergebenst mitteilen, daß politische Bedenken gegen die Ausstellung eines Auslandspasses für Frau Prof. Meitner bestehen. Es wird für unerwünscht gehalten, daß *namhafte Juden* aus Deutschland ins Ausland reisen, um dort als Vertreter der deutschen Wissenschaft oder gar mit ihrem Namen und ihrer Erfahrung entsprechend ihrer Einstellung gegen Deutschland zu wirken. Von der K.W.G. dürfte sicherlich ein Weg gefunden werden, daß Frau Prof. Meitner auch nach ihrem Ausscheiden weiter in Deutschland verbleibt und unter Umständen auch privat im Interesse der Gesellschaft arbeitet. Diese Auffassung hat insbesondere der Reichsführer-SS und Chef der Deutschen Polizei im Reichsministerium des Inneren vertreten.«

In der Zwischenzeit bereitet der Physiker-Kollege in den Niederlanden ihre Flucht vor. Er erreicht, daß die holländische Regierung eine Mitteilung an eine kleine Grenzstation schickt: Lise Meitner kann mit einem österreichischen Paß und ohne Visum einreisen. Wahrscheinlich am Abend des 13. oder 14. Juli 1938 kommt Dirk Coster in Berlin an. Er wohnt, um keinen Verdacht zu erregen, nicht bei Hahn und nicht im Hotel Adlon.
Jetzt rächt sich, daß Lise Meitner keinerlei Vorkehrungen getroffen hat. Alles muß schnell gehen. Sie verbringt die letzte Nacht vor ihrer Abreise bei Otto Hahn und dessen Frau Edith. Für dringende Notfälle übergibt Hahn der alten Kollegin einen schönen

Brillantring, ein Erbstück seiner verstorbenen Mutter. Lise Meitner kann nur so viele Sachen mitnehmen, wie in einen Handkoffer passen. »Ich habe genau eineinhalb Stunden Zeit gehabt, um zu packen, um nach 31 Jahren von Deutschland wegzugehen.« Hilflos steht Lise Meitner da, die Ereignisse haben sie überrollt. Tief in ihrem Innern zweifelt sie noch immer, ob das alles sein muß. Warum wollen die Freunde sie so schnell los werden? Sie fühlt sich abgeschoben.

Lise Meitner trifft Dirk Coster erst auf der Bahn. Sie hat Glück, daß ihre Flucht gelingt. Denn die Fluchtvorbereitungen der letzten Wochen sind einem mißtrauischen Mitbewohner der Institutsvilla nicht verborgen geblieben. Handschriftlich hatte Kurt Heß eine Anzeige bei der NSDAP-Ortsgruppe Dahlem verfaßt. Der Sicherheitsdienst beauftragte einen Wissenschaftler aus dem Institut mit der Überprüfung der Verdächtigungen. Doch dieser gab die Anzeige erst auf dem Dienstwege zurück, als Hahn von der glücklichen Ankunft Lise Meitners in Groningen erzählt hatte.

Im Kaiser-Wilhelm-Institut weiß niemand von Lise Meitners Flucht. Da die Institutsferien sowieso am 16. Juli beginnen, glauben alle, Lise Meitner sei in Urlaub gefahren. Es ist jedoch ein Urlaub für immer, eine Reise ins Exil.

HERBST 1938

Fast zwei Drittel aller Atomforscher haben Deutschland verlassen. In Berlin wird die Ausstellung »Der ewige Jude« eröffnet. Unter den retuschierten Porträts, die zum Judenhaß anstacheln sollen, hängt nicht nur ein Bild von Lise Meitner, sondern auch ein Photo von Otto Hahn. Der Präsident der Kaiser-Wilhelm-Gesellschaft protestiert. Die Ausstellung wird korrigiert und Hahns Bild entfernt.

... aber es ist Wirklichkeit

Flucht nach Stockholm, Entdeckung der Kernspaltung in Berlin, Lise Meitners Deutung
1938–1939

Lise Meitner sitzt mit Dirk Coster im Zug, der sie über die holländische Grenze bringen soll. Zum Glück wird der Zug nicht – wie oft geschehen – von der SS kontrolliert. Lise Meitner wird nicht als Flüchtende festgenommen und zurückgeschickt. Auch an der Grenze geht alles glatt, obwohl die Beamten Lise Meitners Paß genau anschauen und sehen, daß sie kein Visum hat. Coster vermutet, daß die holländischen Zollbeamten ihre deutschen Kollegen überredet haben. Lise Meitner hat dreizehn Mark in der Tasche, erlaubt sind nur zehn Mark. Sie fragt einen Beamten, was sie machen soll. Er antwortet, sie solle das Geld behalten.
In Groningen angekommen, benachrichtigen Lise Meitner und Coster mit einem abgesprochenen telegraphischen Kodewort Otto Hahn in Berlin. Er antwortet mit einer verklausulierten Postkarte. Lise Meitner bleibt bei der Coster-Familie, bis sie Nachricht aus Stockholm erhält, wo Freunde ihr einen Arbeitsplatz am Nobel-Institut vermitteln. Sie fährt weiter nach Kopenhagen zu ihrem Freund Niels Bohr, der versucht, sie zum Dableiben zu überreden. Lise Meitner lehnt ab. Sie hatte wohl das Gefühl, so vermutet ihr Neffe Otto Robert Frisch, daß sich in Kopenhagen genug junge Leute mit Kernphysik beschäftigen, und denen wollte sie nicht im Wege stehen, besonders weil ihr Neffe einer von ihnen war. Lise Meitner entscheidet sich für den Arbeitsplatz am Nobel-Institut in Stockholm.
Nachdem sie eine Einreise-Genehmigung erhalten hat, fährt sie zunächst zu ihrer Freundin Eva von Bahr-Bergius*, die zusammen

* *Eva von Bahr* lernte *Lise Meitner* wahrscheinlich bereits in Wien kennen. Sie war ebenfalls Physikerin, nach *Lise Meitners* Einschätzung »eine weit über Durchschnitt begabte Physikerin«. *Eva von Bahr* lebte in Berlin, bevor sie den schwedischen Lehrer *Niklas Bergius* heiratete und nach Schweden zog.

mit ihrem Mann in Kungälv, einem Ort in der Nähe von Göteborg, wohnt. Bei ihr lebt Lise Meitner die erste Zeit. Sie kann noch gar nicht richtig fassen, daß sie Deutschland, daß sie Berlin, verlassen hat. Es ist wie ein böser Traum.
In Berlin erreicht Otto Hahn inzwischen ein offizielles Schreiben, das die »Beurlaubung von Fräulein Meitner« vorschlägt. Sie weiß davon nichts, als sie am 24. August 1938 von Kungälv aus brieflich um ihre Entlassung bittet:

»Lieber Otto!
Was ich Dir heute zu schreiben habe, wird einen sehr tiefen Einschnitt in unser beider Leben bringen. Ich habe gestern Geheimrat Bosch um meine Emeritierung gebeten.
Über das Gefühlsmäßige brauchen wir nicht zu reden, wir wissen wohl beide, wie es damit steht. Es wird sicher kein Tag vergehen, an dem ich nicht mit Dankbarkeit und Sehnsucht an unser freundschaftliches Zusammensein, an die gemeinsame Arbeit und an das Institut denken werde. Aber ich gehöre nicht mehr dorthin, und wenn ich mir jetzt rückblickend die letzten Monate überlege, so scheint es mir, daß mein Ausscheiden auch den Wünschen der Mitarbeiter entsprechen dürfte. Es hat keinen Sinn, viel Worte zu machen; Tatsachen sind Tatsachen, man kann über sie nicht hinweggehen ...
Ich habe es innerlich selbst noch nicht ganz erfaßt, daß das, was ich hier geschrieben habe, Wirklichkeit ist, aber es *ist* Wirklichkeit. – Laß bald von Dir hören und sei herzlich gegrüßt.
Immer Deine Lise.«

Lise Meitner wartet auf ihre offizielle Entlassung. Erst dann möchte sie einen Abschiedsbrief an das Institut schreiben, das in den vergangenen Jahren das Zentrum ihres Lebens war. Sie befürchtet nämlich, daß einige glauben, sie sei pflichtvergessen davongelaufen. Sie möchte auf keinen Fall das Vertrauen ihrer alten Mitarbeiter verlieren, weil diese vielleicht nicht die wahren Hintergründe ihrer Flucht kennen. Sie bittet Otto Hahn in einem Brief eindringlich, keine »übereilte Totenfeier« für sie abzuhalten. Er soll auf ihren Brief warten und inzwischen allen klar und ehrlich sagen, warum sie Berlin verlassen mußte. Anklagend schreibt sie Hahn:

»Ich habe doch nichts Unrechtes getan, warum soll ich sozusagen als nicht existierend – oder schlimmer – als lebendig begraben behandelt werden?

... Meine Zukunft ist abgeschnitten, soll mir auch noch die Vergangenheit weggenommen werden?«

Im Herbst 1938 beginnt Lise Meitner ihre Arbeit am Nobel-Institut, sie wohnt in Stockholm in einem Hotelzimmer. Daß es ihr nicht gut geht, zeigen die Briefe an ihre Freundin Elisabeth in Berlin:

»Ich sehe manchmal mein Leben wie das Leben eines fremden Menschen, den ich erst kennenlernen muß. Ich habe immer gesagt, ich wäre bereit, bis zu meinem letzten Atemzug noch dazuzulernen; und das Leben hat mich beim Wort genommen, ich habe viel zu lernen.«

Was soll sie sonst noch schreiben, wenn ihr jeder Tag gleichgültig und nebensächlich vorkommt? Sie sei innerlich leer wie eine hohle Nuß, klagt sie.

Das Weihnachtsfest des Jahres 1938 verbringt Lise Meitner in Kungälv bei ihrer Freundin Eva. Es liegt Schnee, und die Sonne strahlt. Auch ihr Neffe Otto Robert Frisch reist aus Kopenhagen an und bleibt über Silvester. Am 17. Januar des Jahres 1939 berichtet Lise Meitner ihrer Freundin Elisabeth in Berlin, daß sie während der Ferien mit Otto Robert Frisch physikalisch gearbeitet hat: »Wir haben sogar eine kleine physikalische Überlegung gemeinsam gemacht, die gedruckt werden soll.«
Lise Meitner untertreibt: Sie hat mit ihrem Neffen keine »kleine physikalische Überlegung gemacht«, sondern mit ihm zusammen die erste theoretische Erklärung und physikalische Deutung für die Kernspaltung ausgearbeitet, die Otto Hahn und Fritz Straßmann im Dezember 1938 in Berlin gelungen ist. »Die Entdeckung der Uranspaltung durch Otto Hahn und Fritz Straßmann hat ein neues Zeitalter in der Geschichte der Menschheit eröffnet«, schreibt Lise Meitner später. Wie ist es gekommen, daß sie als erste davon erfährt?
Ab dem November 1938 gehen ständig Briefe zwischen Deutschland und Schweden hin und her. Lise Meitner und Otto Hahn diskutieren die Versuche, die in Berlin nach Lises Weggang weiterlaufen. Der gesamte Briefwechsel, den Hahns Enkel Diet-

rich Hahn herausgegeben hat*, ist ein wichtiges historisches Dokument. Er zeigt nicht nur, wie der Chemiker Hahn Schritt für Schritt die Unglaublichkeit seiner Versuche bemerkt. Die Briefe beleuchten auch Lise Meitners Rolle bei der Entdeckung der Kernspaltung durch Hahn und Straßmann in Berlin.
An einem Montagabend, es ist der 19. Dezember 1938, notiert Otto Hahn abends im Labor für seine Kollegin in Schweden die verblüffenden Ergebnisse. Er und Straßmann haben, nachdem sie das Uran mit abgebremsten Neutronen beschossen haben, in den Spaltprodukten das Element Barium gefunden. Gesucht haben sie nach den Transuranen, den Elementen, die etwa genauso schwer sind wie das Uran. Das Barium liegt jedoch in der Mitte des Periodensystems, hat also nur das halbe Atomgewicht:

»Ich habe mit Straßmann verabredet, daß wir vorerst nur Dir dies sagen wollen. Vielleicht kannst Du irgendeine phantastische Erklärung vorschlagen. Wir wissen dabei selbst, daß es eigentlich nicht in Ba** zerplatzen kann ...
Also überleg Dir mal, ob sich nicht irgendeine Möglichkeit ausdenken ließe ... Falls Du irgend etwas vorschlagen könntest, das Du publizieren könntest, dann wäre es doch noch eine Arbeit zu dreien. Daß wir dauernd Unsinn machen oder sonst irgendwelche Infektionen uns Streiche spielen, glauben wir nicht.«

Bereits drei Tage später antwortet Lise Meitner ganz aufgeregt:

»Eure Radium-Resultate sind sehr verblüffend. Ein Prozeß, der mit langsamen Neutronen geht und zum Barium führen soll! ... Mir scheint vorläufig die Annahme eines so weitgehenden Zerplatzens sehr schwierig, aber wir haben in der Kernphysik so viele Überraschungen erlebt, daß man auf nichts ohne weiteres sagen kann: Es ist unmöglich.«

Zur Absicherung schlägt Lise Meitner weitere Untersuchungen vor. Am gleichen Tag, wiederum abends, schreibt ihr Hahn, daß er und Straßmann die verblüffenden Versuchsergebnisse schnell publizieren wollen:

* Der gesamte Briefwechsel zwischen *Otto Hahn* und *Lise Meitner* vom November 1938 bis April 1939 ist veröffentlicht in: Dietrich Hahn (Hrsg.), Otto Hahn – Erlebnisse und Erkenntnisse, 1975, S. 75–129.

** Ba ist das Element Barium.

»Wir können unsere Ergebnisse nicht totschweigen, auch wenn sie physikalisch vielleicht absurd sind. Du siehst, Du tust ein gutes Werk, wenn Du einen Ausweg findest. Wenn wir morgen oder übermorgen fertig werden, dann schicke ich Dir einen Durchschlag des Manuskripts.«

Eine Woche später, am 28. Dezember, informiert Otto Hahn wiederum die »liebe Kollegin«:

»Ich will Dir noch schnell einiges über meine Ba-Phantasien etc. schreiben. Vielleicht ist Otto Robert bei Dir in Kungälv, und Ihr könnt ein bißchen darüber diskutieren. Das Manuskript unserer Arbeit wirst Du nachgeschickt bekommen haben ... Wäre es möglich, daß das Uran 239 zerplatzt in ein Ba und ein Ma?* ... Es würde mich natürlich sehr interessieren, Dein offenes Urteil zu hören. Eventuell könntest Du etwas ausrechnen und publizieren.«

Lise Meitner findet die Resultate »sehr aufregend«. Am 30. Dezember schickt sie Otto Hahn herzliche Neujahrswünsche und Grüße und teilt ihm mit, daß das Manuskript, bei dem leider die Seite 11 fehlt, gut angekommen ist: »Es ist alles sehr verblüffend.« Nach seiner ersten Übernachtung in Kungälv, diesem »bedeutungsvollsten Besuch meines Lebens«, sieht Otto Robert Frisch, wie seine Tante über dem letzten Brief aus Berlin brütet. Er will ihr von seiner Arbeit erzählen, doch sie hört nicht zu, sondern gibt ihm den Brief zu lesen. Auch Frisch findet die Resultate verblüffend. Lise Meitner überzeugt ihn, daß Hahn und Straßmann viel zu gute Chemiker sind, um sich so zu irren. Den beiden ist sicher kein Fehler unterlaufen. Neffe und Tante diskutieren während eines Spazierganges durch den verschneiten Wald weiter. Frisch hat seine Langlaufski angeschnallt, Lise Meitner stapft zu Fuß neben ihm her. Die zierliche Frau hält mit dem Tempo des Skiläufers mit. Ein Gedanke reiht sich an den anderen, Argumente gehen hin und her.
Ein Atomkern ist ja kein brüchiger Körper, der so einfach zerbrechen kann. Sie erinnern sich daran, daß einige Kollegen schon einmal vorgeschlagen hatten, den Atomkern mit einem Tropfen Flüssigkeit zu vergleichen. Ein normaler Tropfen zer-

* Ma ist das Element Masurium, heute Technetium (Tc) genannt.

reißt, wenn er in die Länge gezogen wird, obwohl seine Oberflächenspannung dem entgegenwirkt. Ein Atomkern unterscheidet sich von einem Flüssigkeitstropfen in einem ganz wichtigen Punkt: Er ist elektrisch geladen.
Als sie an diesem Punkt ihrer Überlegungen angelangt sind, setzen sich Lise Meitner und Otto Robert Frisch auf einen Baumstamm. Sie überlegen und diskutieren weiter: Reicht die elektrische Ladung des Urankerns wohl aus, um die Oberfläche dieses wackeligen, instabilen Tropfens – des Atomkerns – zu zerstören? Sie überlegen weiter und rechnen schließlich auf kleinen Zetteln aus, daß die beim Zerplatzen entstandenen zwei Kerne zusammengenommen leichter sein müssen als der ursprüngliche Urankern. Lise Meitner erinnert sich an eine Formel zur Berechnung von Kernmassen, deren Grundlage die berühmte Einsteinsche Gleichung $E = m \cdot c^2$ ist. Wenn Masse verschwindet, wird also Energie frei, eine große Menge Energie. Sie errechnen eine frei werdende Energie von 200 Millionen Elektronenvolt pro Urankern. So viel Energie ist noch bei keiner chemischen oder physikalischen Elementarreaktion entstanden. Alles paßt zusammen! So ist es gekommen, daß Lise Meitner und Otto Robert Frisch als erste Menschen diese neue, ungeahnte Energiequelle berechnen.
Lise Meitner schreibt gleich am ersten Tag des neuen Jahres, am 1. Januar 1939 um 12 Uhr 30, einen Brief nach Berlin:

»Wir haben Eure Arbeit sehr genau gelesen und überlegt, vielleicht ist es energetisch doch möglich, daß ein so schwerer Kern zerplatzt.«

Einen Tag später kehrt Otto Robert Frisch aufgeregt nach Kopenhagen zurück. Er erzählt Niels Bohr, der gerade nach Amerika abreist, von den Überlegungen in Kungälv. Bohr schlägt sich mit der Hand auf die Stirn und ruft: »Ach, was für Idioten wir doch alle waren!« Er verspricht, in Amerika nichts von den Überlegungen zu erzählen, bis die geplanten Arbeiten von Lise Meitner und Otto Robert Frisch erschienen sind, für die sie noch weitere physikalische Versuche planen. Sie sprechen ihre Publikationen in mehreren Telefonaten ab und entschließen sich, statt des Wortes »Zerplatzen« das englische Wort »fission« (Spaltung) für die neu entdeckte Kernreaktion zu verwenden. In der Biologie beschreibt dieses Wort die Teilung eines Einzellers und die hat, wie Lise Meitner erklärt, viel Ähnlichkeit mit der Kernspaltung:

»Wenn in dem hochgeladenen Urankern ... durch das eingefangene Neutron die ... Bewegung des Kerns genügend heftig wird, so kann sich der Kern in die Länge ziehen; es bildet sich eine Art ›Taille‹, und schließlich erfolgt eine Trennung in zwei ungefähr gleichgroße, leichtere Kerne, die dann wegen ihrer gegenseitigen Abstoßung mit großer Heftigkeit auseinanderfliegen.«

Am 11. Februar 1939 erscheint die erste Arbeit von Frisch und Meitner über die »nuclear fission«, die Atomspaltung.
In der Zwischenzeit wird die weltbewegende Arbeit von Hahn und Straßmann veröffentlicht. Niels Bohr, in Amerika angekommen, berichtet auf einem Kongreß der Amerikanischen Physikalischen Gesellschaft in Washington über diese neue Kernreaktion. Einige Wissenschaftler verlassen die Sitzung, noch ehe Bohr zu Ende gesprochen hat, um im eigenen Labor die verblüffenden Experimente zu wiederholen. Veröffentlichungen folgen Schlag auf Schlag, die Presse stürzt sich auf das Thema. Jeder soll oder will der erste gewesen sein.
Auch die deutsche Naturwissenschaftlerin Ida Noddack-Tacke* meldet Ansprüche an der Entdeckung der Kernspaltung an. Sie hat nämlich Anfang der dreißiger Jahre in einer Fachzeitschrift angeregt, nicht nur nach den schweren Transuranen, sondern auch nach anderen Elementen zu suchen. Doch weder sie noch andere experimentierten in diese Richtung. Lise Meitner tröstet Otto Hahn, der von Ida Noddack einen bösen Brief bekommen hat:

»Es tut mir so leid, daß Du jetzt diese unschöne Schwierigkeit mit Frau Ida hast. Daß sie eine unangenehme Urschl ist, habe ich immer gewußt. An die Arbeit selbst erinnere ich mich nur dunkel, ein Beweis, wie bedeutungslos sie war. Wo ist sie denn erschienen?« (28. März 1939)

Selbst zwischen Lise Meitner und Otto Hahn kommt es zu Mißverständnissen, Spannungen und Mißtrauen. Sie ist verletzt,

* *Ida Noddack-Tacke* (1896–1978), deutsche Chemikerin, Entdeckerin des Elements Rhenium.

daß nach den verblüffenden Ergebnissen von Hahn und Straßmann die früheren Arbeiten nicht gemeinsam, also zu dritt, widerrufen werden. Das geht nicht, weil Otto Hahn schnell veröffentlichen will. Er seinerseits ist verstimmt, daß besonders im Ausland durch konfuse Zeitungsmeldungen der Eindruck entsteht, daß er selbst gar nicht geahnt habe, welche Entdeckung ihm in Berlin gelungen sei. Hahn bemängelt die Überschrift der ersten Veröffentlichung von Frisch und Meitner: »Eine neue Kernreaktion«. Sieht das nicht so aus, als ob nur sie erkannt hätten, was da passiert war? Otto Hahn schreibt ihr, daß er seine und Straßmanns Arbeit nicht gerecht behandelt fühle. Es trifft Hahn, daß das alles beim Institutskaffee im Berliner Institut weidlich ausgeschlachtet wird. Einige fanatische Leute vermuten dahinter wohl auch eine politische Sache, eine Art jüdischer Verschwörung. Hahn bekommt zu hören,

»... es geschehe uns recht, denn wir hätten ihnen gar nichts über unsere Ergebnisse gesagt, bevor die Arbeit heraus war. Hätten wir es getan, dann hätten Flügge und die anderen den physikalischen Nachweis ebenso schnell erbringen können, wie es dann von verschiedenen Seiten in wenigen Tagen geschah. (Ich persönlich bin nicht überzeugt davon. Ich darf aber natürlich nicht sagen, daß ich Dich immer genau auf dem laufenden gehalten habe und das Institut nicht. Das wurde mir wohl sehr verübelt. Als Straßmann einmal gefragt wurde, ob wir gleich das Manuskript weitergeschickt hätten, hat er es intelligenterweise entrüstet abgeleugnet).« (3. März 1939)

Lise Meitner entschuldigt sich in einem Brief für ihr mißverständliches Zitieren. Sie ist betrübt über die Vorwürfe und Verdächtigungen. Warum sind einige Herren »eingeschnappt«? Sie hat doch nichts Unrechtes getan und Hahn ihre Arbeiten vor der Veröffentlichung zugeschickt:

»Daß wir die Manuskripte vorher geschickt haben, wissen die Herren doch wohl. Du wirst ja verstehen, daß mir sehr viel daran liegt, nicht in dem Kreis als treulos zu erscheinen, an den ich mich immer noch unverändert verknüpft fühle.« (1. März 1939)

Lise Meitner hat noch andere Ängste. Sie mußte ihre Aufzeichnungen und alle wissenschaftlichen Geräte in Berlin zurücklassen.

Sie ist mit leeren Händen nach Stockholm gekommen. Nach den schönen Ergebnissen, die Hahn und Straßmann ohne sie erzielt haben, werden jetzt viele glauben, »daß ich überhaupt nichts gemacht habe, und Du auch die ganze Physik in Dahlem gemacht hast. Ich verliere allmählich den Mut.«
Otto Hahn beruhigt seine Kollegin:

»Du kannst mir glauben, ich schäme mich manchmal etwas, daß wir so schnell klare Resultate bekommen, und Du sitzt in Stockholm im leeren Institut. Aber aus der Geschwindigkeit, mit der dies aufgegriffen wird, mußt Du auch verstehen, daß wir rasch weiterkommen wollten ...
Wie Du glauben kannst, Siegbahn* denkt, Straßmann und ich machten auch die Physik, verstehe ich nicht. Wir haben bei der ganzen Arbeiterei die Physik absolut nicht berührt, sondern immer wieder nur chemische Trennungen gemacht. Wir kennen doch unsere Grenzen und wissen natürlich auch, daß in diesem besonderen Falle es zweckmäßig war, nur Chemie zu machen.«

Lise Meitners Befürchtungen bestehen nicht zu Unrecht. Es sieht doch wirklich so aus, als hätten die Chemiker erst nach dem Weggang der Physikerin die richtigen Versuche gemacht. Es ist und bleibt eine Tatsache, daß sie nicht in Berlin dabei war, als Hahn und Straßmann erkannten, daß ihnen eine Uranspaltung gelungen war. Die beiden Wissenschaftler haben das selbst herausgefunden, während Lise Meitner nur noch eine dreijährige gemeinsame Arbeit – die falsche Suche nach den Transuranen – widerrufen muß. Sie weiß genau, daß das »keine gute Empfehlung« für ihren neuen Anfang ist.
Otto Hahn selbst zeigt nicht zuletzt durch die Briefe, in denen er nur Lise Meitner von dem verblüffenden Fortgang der Forschungsarbeit berichtet, daß er sie noch zum Team zählt. Sie hat schließlich 1934 die Versuche initiiert, die zur Kernspaltung führten. In seiner mehr als dreijährigen Arbeit legte das Team Hahn-Meitner-Straßmann die Grundlagen für die Entdeckung der Uranspaltung. Dazu gehört auch die falsche Suche nach Transuranen, die im übrigen in anderen Labors auf der Welt genauso durchgeführt worden ist. Lise Meitner betont immer

* Lise Meitners neuer Chef, der Leiter des Nobel-Institutes, siehe Seite 93.

wieder, daß die Uranspaltung zuerst auf rein chemischem Wege nachgewiesen wurde,

»... ohne jede theoretische Wegweisung ... Aber dieser wunderbare Erfolg der mit der Physik so eng verschwisterten Chemie rechtfertigt doch nicht die so oft von Chemikern geäußerte Ansicht, daß die Physiker die Entdeckung der Uranspaltung verzögert haben, weil sie einen solchen Prozeß als unmöglich erklärt hatten. Das haben sie in Wirklichkeit niemals getan. An eine Kernspaltung hat vor ihrer Entdeckung wohl niemand gedacht.«

Lise Meitner hat die Fähigkeit umzudenken, nachdem sie von den wunderlichen Versuchsergebnissen aus Berlin gehört hat. Sie liefert in wenigen Tagen die richtige physikalische Deutung nach.

»Insoweit wäre man geneigt, die Entdeckung der Uranspaltung als letzte Krönung der jahrelangen Zusammenarbeit der beiden Forscher anzusehen«, schreibt Werner Heisenberg*. »Aber vielleicht ist das doch nicht die ganze Wahrheit. Wenn man Hahn bei einem Glas Wein nach dieser Seite seiner Entdeckung fragte, konnte ihm die Äußerung entschlüpfen: Ich weiß nicht; ich fürchte, Lischen hätte mir die Uranspaltung verboten.«

Hätte sie es verboten, aus physikalischen Überlegungen heraus? In den Briefen, die zwischen Berlin und Schweden hin und her gehen, hat sie immer nachgefragt, neue Versuche und Überprüfungen angeregt, um wirklich sicher zu sein. Auch aus diesem Grund sieht Fritz Straßmann Lise Meitner immer als Mitentdekkerin der Kernspaltung an.
Otto Hahn selbst nennt in der Öffentlichkeit Lise Meitner jedoch nie und Straßmann ganz selten im Zusammenhang mit jener Entdeckung, die ihn weltberühmt macht. Im Jahr 1945 wird ihm für den Nachweis der Uranspaltung dann auch allein der Chemie-Nobelpreis zugesprochen. Der niederländische Physiker Dirk Coster, der Lise Meitner zur Flucht verholfen hat, schreibt ihr aus diesem Anlaß:

* *Werner Heisenberg* (1901–1976), deutscher Physiker, erhielt 1932 den Physik-Nobelpreis für seine Arbeiten zur Quantentheorie. Von 1941–1945 war er Direktor des Kaiser-Wilhelm-Institutes für Physik in Berlin. Er arbeitete an einem Kernreaktor. Er gehörte neben *Hahn* und anderen zu den Wissenschaftlern, von denen die Amerikaner glaubten, sie arbeiteten an einer Atombombe (Siehe dazu Seite 127).

»Otto Hahn, der Nobelpreis! Er hat es sicher verdient. Es ist aber schade, daß ich Sie in 1938 aus Berlin entführt habe ... Sonst wären Sie auch dabei gewesen. Was sicher gerechter gewesen wäre, und uns besonders viel Freude gemacht hätte.«

Im Nobelkomitee sitzt unter anderem Manne Siegbahn, der Leiter des Nobel-Instituts, an dem Lise Meitner nach ihrer Flucht einen Arbeitsplatz erhalten hat. Bereits 1939 vermutete die geflüchtete Physikerin, daß Siegbahn nach der erfolgreichen Kernspaltung in Berlin glaubt, daß sie überhaupt nichts in Dahlem geleistet habe. Sie erfährt hintenherum einige Einzelheiten aus der entscheidenden Nobelsitzung, sie hat wohl recht behalten.
Renate Feyl, eine Schriftstellerin aus Ost-Berlin, hat das Leben Lise Meitners in folgendem Satz zusammengefaßt: »Ihre Arbeit ist gekrönt worden mit dem Nobelpreis für Otto Hahn.« Das stimmt und ist doch teilweise falsch.
Richtig ist, daß Lise Meitner wegen ihrer Bescheidenheit, wegen ihrer gesamten Persönlichkeit im Schatten Hahns bleibt. Richtig ist, daß sie als Frau eher als Mitarbeiterin und Zuarbeiterin gilt. Lise Meitner hat in ihrem Leben oft genug erlebt, daß den Frauen besonders in den Naturwissenschaften keine eigenständigen, großen Leistungen zugetraut werden. Insofern faßt der Satz von Renate Feyl ein typisches Frauenschicksal zusammen.
Gerade in Lise Meitners Arbeitsgebiet, der Radioaktivität, hatten jedoch zur damaligen Zeit einige Frauen – ganz »untypisch« – Großes geleistet: Allen voran Madame Curie, deren Tochter Irène und die Chemikerin Ida Noddack. Die beiden erstgenannten waren Nobelpreisträgerinnen. Lise Meitner selbst war mehrmals zusammen mit Hahn und allein für den Nobelpreis vorgeschlagen worden. Das wußte sie. Um diese Auszeichnung haben sie letztlich die politischen Verhältnisse gebracht. Es ist Lise Meitners Schicksal, daß sie als Jüdin vor den Nationalsozialisten fliehen mußte. So kam es, daß ein Teil – und nur ein Teil – ihrer Arbeit mit dem Nobelpreis für Hahn gekrönt wurde.
Lise Meitner selbst übt niemals, weder in der Öffentlichkeit noch im Gespräch mit Freunden oder in privaten Briefen Kritik daran, daß Otto Hahn allein den Chemie-Nobelpreis für die Uranspaltung erhält. Sie betont mehrmals, daß er die Kernspaltung auf rein

chemischem Wege entdeckt habe. Klar und nachweisbar ärgert sich die Physikerin immer nur über eine Sache: Wenn ihre eigenständige wissenschaftliche Arbeit nicht anerkannt wird. Schließlich hat sie dreizehn Jahre lang ganz selbständig geforscht – ohne Otto Hahn! Typisch für sie ist der Brief, den sie im Dezember 1945 an ihre Freundin Eva schreibt:

»Daß Hahn den Nobelpreis für Chemie voll verdient hat, ist kein Zweifel. Aber einiges Drum und Dran war vielleicht etwas ungerecht gegen Otto Robert und mich. Der Artikel in D.N. [eine schwedische Zeitung] war fast beleidigend, ich bin doch wirklich nicht nur Mitarbeiterin von Hahn gewesen, ich bin ja Physikerin und habe doch ein paar ganz ordentliche physikalische Sachen gemacht?«

Im Deutschen Museum in München steht heute der Arbeitstisch, den das Team Hahn-Meitner-Straßmann in Berlin am Kaiser-Wilhelm-Institut gemeinsam aufgebaut und an dem es gemeinsam experimentiert hat. Eine Tafel an der Wand erwähnt den Namen Fritz Straßmanns im Zusammenhang mit der Kernspaltung. Der Arbeitstisch steht unter einer Glasvitrine. Ein Schild verkündet: »Arbeitstisch von Otto Hahn«. Der Name Lise Meitners taucht nicht auf, nicht einmal als »Mitarbeiterin«.

Als ob ich in der Wüste lebte

Im Stockholmer Exil, Zweiter Weltkrieg
1939–1945

Lise Meitners schwedisches Exil beginnt mit einem großen Erfolg, ihrer theoretischen Deutung der Kernspaltung, und mit einer großen Enttäuschung: Ihr Arbeitsplatz an dem neu errichteten Nobel-Institut, das der schwedische Physiker und Nobelpreisträger Manne Siegbahn leitet, ist ganz anders als erwartet. Lise Meitner steht ohne Mitarbeiter und ohne Geräte da:

»Mir geht es sehr wenig gut. Ich habe hier eben einen Arbeitsplatz und keinerlei Stellung, die mir irgendein Recht auf etwas geben würde. Versuche Dir einmal vorzustellen, wie das wäre, wenn Du statt Deines schönen eigenen Instituts ein Arbeitszimmer in einem *fremden* Institut hättest, ohne jede Hilfe, ohne alle Rechte und mit der Siegbahnschen Einstellung, der nur große Maschinen liebt und sehr sicher und selbstbewußt ist. Und ich mit meiner inneren Unsicherheit und Befangenheit. Und daß ich alle die Kleinarbeit machen muß, die ich 20 Jahre lang nicht gemacht habe. Natürlich ist es meine Schuld; ich hätte viel besser und viel früher mein Fortgehen vorbereiten müssen, hätte von den wichtigsten Apparaten wenigstens Zeichnungen haben müssen etc.« (5. Februar 1939 an Otto Hahn)

Allmählich beschleicht sie das Gefühl, sie habe wirklich alles verkehrt gemacht, was verkehrt zu machen war. Sie erfährt außerdem von ihrer Freundin Eva von Bahr-Bergius, daß Siegbahn ihr von Anfang an nur einen Arbeitsplatz, aber keinerlei Geldmittel oder Mitarbeiter zugedacht hatte. Lise Meitner ist verzweifelt, sie hadert mit sich selbst und mit ihrem Schicksal. Und das sei, so schreibt sie Otto Hahn, nicht der richtige Zustand, um sich in der neuen, fremden Umgebung durchzusetzen.
Mit 60 Jahren steht Lise Meitner fast vor dem Nichts. Sie hat ihr Institut in Berlin und damit ihre wissenschaftliche Arbeit verloren. Aus der angesehenen Frau Professor, die in einer großen Villenetage mit einer Haushaltshilfe residiert hat, ist ein Flücht-

ling geworden, der sich bei Behörden melden muß und einen »Flyttningsbetyg (för ensam person)«, wie es auf schwedisch heißt, bekommt. Sie lebt in einem Hotelzimmer und schildert Elisabeth Schiemann, daß das sehr zum »Gefühl der Heimatlosigkeit beiträgt, wenn man seit einem halben Jahr aus Koffern lebt, ewig etwas von Papieren sucht«. Sie bezieht nicht einmal das volle Gehalt eines Assistenten. Obwohl sie sehr sparsam lebt, reicht das Geld in dem teuren Stockholm nur für das Nötigste. Sie kann gerade ihr Zimmer und das Essen bezahlen und die Ausgaben für Briefmarken und Omnibus bestreiten. Sie darf gar nicht daran denken, »was mit mir geschieht, wenn ich krank werde«.

Die Emeritierungsbezüge, eine Art Pension, die ihr als ehemaligem Mitglied der Universität und Angestellte der Kaiser-Wilhelm-Gesellschaft zustehen, gehen in Berlin bis zum September 1940 auf ein Konto. Anfangs wird das Geld zum Teil an ihre Geschwister in Wien überwiesen. Sie selbst kann nichts bekommen, nicht einmal 30 Mark, um direkt in Deutschland das Abonnement der Zeitschrift »Naturwissenschaften« zu bezahlen. Aus Berlin konnte sie nur einen Teil ihrer Kleider mitnehmen, Bücher und Möbel, Sparguthaben und Wertgegenstände ließ sie zurück. Dort kümmern sich inzwischen Otto Hahn und Elisabeth Schiemann um die umfangreichen, nervenaufreibenden Formalitäten, die notwendig sind, um Lise Meitner alles nachzuschicken. Sie fühlt sich im Stich gelassen, weil ihre Sachen aus Berlin einfach nicht kommen, die sie doch so dringend benötigt.

Ihre ganze Familie ist inzwischen aus Österreich geflohen, zum Teil leben ihre Geschwister in England, zum Teil in Amerika. Ihre ältere Schwester Gustl und deren Mann Lutz Frisch, die Eltern von Otto Robert Frisch, gingen nach Schweden. Mit ihnen will Lise Meitner im Mai 1939 in Stockholm zusammenziehen. Drei Wochen, bevor ihr Auszug aus dem Hotel ansteht, sind ihre Möbel aus Berlin immer noch nicht eingetroffen. Verständlicherweise verbittert schreibt sie Otto Hahn:

»Heute hat mir ein Rechtsanwalt, den ich vor 14 Tagen mit der Bitte aufgesucht habe, mir doch etwas behilflich zu sein, meine Sachen endlich zu bekommen, telefonisch angeboten, mir ein Bett und Bettzeug zu leihen. Ich habe es also nach mehr als dreißigjähriger Arbeit immerhin so weit gebracht, daß mir ein wildfremder Mensch ein Bett leiht.«

Lise Meitner korrespondiert wegen ihrer Umzugsangelegenheit mit dem »Konsulent F. W. Israel Arnold«, einem Rechtsanwalt in Berlin. Der Zusatz »Israel« weist seit dem ersten Januar 1939 in Deutschland alle Männer jüdischer Abstammung, die keinen eindeutig jüdischen Namen tragen, als Nichtarier aus. Auf dem Briefbogen der Anwaltskanzlei ist vermerkt: »Zugelassen nur zur rechtlichen Vertretung von Juden.« Seine Briefe schickt Doktor Arnold pflichtgemäß an »Prof. Dr. Lise Sarah Meitner«.

Im April endlich gibt die deutsche Reichsschrifttumskammer den Rest ihrer Bücherei frei, nachdem sie die »verbotenen bzw. unerwünschten oder staatswichtigen Schriften« beschlagnahmt hat. Als ihre Habe in Stockholm eintrifft, ist ein Teil stark beschädigt: Die Beine von vier Speisezimmerstühlen sind abgebrochen, das Büchergestell ist angeschlagen und der Bettboden kaputt. Lise Meitner macht ihrer Empörung über diese »rücksichtslose, ja sogar rohe Behandlung« in einem Beschwerdebrief an die Spedition Luft. Sie hängt sehr an den Möbeln, die Hedwig Meitner testamentarisch »ihrer Lise« vermacht hat. Ein Tischler flickt die Möbel wieder zusammen. Die Zerstörungen und Verletzungen in ihrem Leben bleiben.
Nach dem Umzug in die neue Wohnung kramt Lise Meitner auch ihr altes Gästebuch wieder hervor, das sie 1931 in Berlin begonnen hat. Sicher blättert sie wehmütig in dem Buch mit dem grauschwarz und lila gemusterten Stoffeinband. Wie hat sich ihr Leben seit der letzten Eintragung am 27. Juni 1938 verändert! Auf ein neues Blatt schreibt sie mit schwarzer Tusche und in Großbuchstaben den Namen ihrer neuen Heimat: »Stockholm«.
Lise Meitner ist nicht nur einsam, sie sieht in ihrem Leben keinen Sinn mehr. Zwar versucht sie sich zu beschäftigen, »aber das ändert nichts an der innerlichen Verarmung«. Ihre Briefe an die Freundin Elisabeth klingen immer niedergeschlagener. Geistig ausgehungert fühle sie sich, wie leerlaufende Mühlsteine. Im März 1940 klagt Lise Meitner über den nicht endenwollenden Winter:

»Man friert innerlich und äußerlich. Alles was ich einmal an meinem persönlichen Leben mit bewußter Dankbarkeit liebgehabt habe, ist weg oder hat sich ins Gegenteil verkehrt. Es ist wirklich so, als ob einem das Leben jedes persönliche Wünschen abgewöhnen wollte. Es erinnert an die Geschichte von dem Bauer, der erzählt, daß er seiner Kuh das Fressen abgewöhnt hat, aber gerade, wie sie es am besten erlernt gehabt hat, ist das Biest gestorben.«

Das rauhe schwedische Klima schlägt auf ihre Gesundheit, sie ist oft erkältet und fühlt sich müde. Sie schluckt Vitamintabletten und weiß dabei so genau: »Das Erleben läßt sich nicht mit Vitamintabletten dirigieren.« Einen schmerzlichen Klang haben ihre Briefe nach Berlin, in die sich auch Verbitterung mischt. Sie hadert mit Otto Hahn, als sei er schuld, daß sie Berlin und ihre geliebte Arbeit verlassen mußte. Abgeschoben und unverstanden fühlt sie sich. Keiner könne doch wirklich nachvollziehen, was sie durchmache, auch Elisabeth nicht, Lise Meitner spürt eine zunehmende Entfremdung. Sie fühlt sich von allen im Stich gelassen. Ihr Leben beschreibt sie dem in Amerika lebenden James Franck als

»... ein etwas schmerzhafter Unterricht in der Erkenntnis, daß die Goetheschen Worte ›die Harmonie der Treue, die kein Wanken, der Freundschaft, die nicht Zweifelsorge kennt‹ eine unverwirklichbare Illusion ist.«

In diesem Brief aus dem Jahre 1941 bekennt sie auch:

»Was Du über Dein Gehemmtsein im Schreiben gesagt hast, kenne ich so gut, gerade auch Otto und Max* gegenüber, denn das Ende vom Lied war etwas schmerzhaft. Aber – vielleicht ist es eine Charakterlosigkeit in mir – ich hänge doch an der Vergangenheit und möchte nicht alle Fäden abreißen lassen.«

Lise Meitner hält mit ihren Berliner Freunden nicht nur brieflich Kontakt, sie schickt ihnen auch abwechselnd ein »Packerl«, pro Monat ist eins erlaubt.
Ab dem Jahre 1941 hält Frau Professor Meitner am Stockholmer Institut wieder Vorlesungen über Kernphysik. Doch die Zuhörer,

* Gemeint ist wohl *Max von Laue*

ein kleiner Kreis von Mitarbeitern, interessieren sich nicht ernsthaft für dieses Gebiet. Sie lebe wissenschaftlich wirklich wie Robinson auf seiner Insel, stellt sie resigniert fest, nur daß sie in ihrem Alter nicht mehr von der Insel wegkomme. Trotzdem lehnt sie das erneute Angebot von Franck ab, ihr in den Vereinigten Staaten eine Stelle zu besorgen. Sie will sich nicht noch einmal auf ein unbekanntes Abenteuer einlassen.
Gelegentlich hört Lise Meitner in einer Kirche die »Reden« eines alten Pastors. Das Wort »Predigt« passe zum Glück nicht zu ihm. Der Kirchenmann spricht ihr aus dem Herzen, als er ausführt, Haß und Resignation seien die beiden Klippen, zwischen die Menschen so vielfach geraten. Vermeiden müsse man beide Gefühle, weil sie so unfruchtbar seien. Genau das versucht Lise Meitner zu tun, »aber die Problematik des Weltgeschehens macht es den Menschen nicht leicht, diese Klippen zu vermeiden«. Sie weiß das nur zu gut, sie hat im Exil Wut und Verbitterung, Verzweiflung und Niedergeschlagenheit wahrlich kennengelernt.

Im Laufe der Zeit gewinnt Lise Meitner auch in Stockholm neue Freunde. Sigvard Eklund, ein junger Assistent am Nobel-Institut, ist einer von ihnen. Er lernt mit Unterstützung von Lise Meitner Deutsch. Später wird er als Direktor der Internationalen Atomenergiebehörde in Lise Meitners Heimatstadt Wien stolz auf die berühmte Deutschlehrerin verweisen. Trotz dieser neuen Freunde kann Lise Meitner den Verlust aller früheren Lebenszusammenhänge nicht verwinden:

»Es gibt eine Reihe von Menschen, die sehr nett und herzlich zu mir sind – ich wundere mich sogar oft darüber, warum sie es sind. Und doch fühle ich mich meistens so einsam, als ob ich in der Wüste lebte.«

Lise Meitner freut sich deshalb sehr, als sie im Herbst des Jahres 1943 Otto Hahn treffen kann. Der Chemiker hält Vorträge in Göteborg und Stockholm. Das Wiedersehen überschatten Auseinandersetzungen, fast täglich führen die zwei stundenlange Diskussionen. Lise Meitner vertritt die Ansicht, daß alle – auch die nicht nazistischen Deutschen – mitverantwortlich seien für das schreckliche Unglück, das Deutschland über die ganze Welt

gebracht habe. Hahn widerspricht ihr. Trotz der tiefgehenden Meinungsverschiedenheiten trennen sie sich »als bessere Freunde, als wir es in den Jahren seit 38 gewesen waren«. So empfindet es Lise Meitner. Ihre Einstellung zu Deutschland hat sie Hahn gegenüber in folgendem Satz zusammengefaßt: »Ich komme mir wie eine Mutter vor, die klar sieht, daß ihr Lieblingskind hoffnungslos mißraten ist.«
Während des Zweiten Weltkrieges kommt zu der unbefriedigenden Arbeit und ihrer Einsamkeit noch die Sorge um die Geschwister, von denen Lise Meitner immer spärlicher Post erhält. Auch um die alten Freunde in Deutschland bangt sie, wenn keine Briefe kommen und die Zeitungen neue Kämpfe und Bombenangriffe melden. Sie kann sich nur noch schwer konzentrieren, in ihrem Kopf kreist ständig ein Gedanke: »Wenn doch nur die Welt aus diesem Hexenkessel herauskäme!«
Am 8. Mai des Jahres 1945 kapituliert Nazi-Deutschland. In ihre Freude, daß der schreckliche Krieg beendet ist, mischt sich Sorge um die Zukunft, ihre eigene, die ihrer Freunde und nicht zuletzt die Sorge um Deutschland: Wie wird dieses Land mit seiner historischen Schuld fertig?
Nach dem Ende des Zweiten Weltkrieges schreibt Lise Meitner an Otto Hahn einen besorgten und zugleich anklagenden Brief. Sie vermerkt später auf einem Durchschlag der ersten Seite, daß Hahn diesen Brief nie erhalten hat:

»Lieber Otto,
diesen Brief wird ein Amerikaner mitnehmen, er wird ihn gleich holen, und ich schreibe also in großer Eile, und dabei habe ich so vieles zu sagen, was mir am Herzen liegt. Behalte das, bitte, im Auge und lies ihn bitte mit Zuversicht an meine unerschütterliche Freundschaft.
Ich habe Dir in diesen Monaten in Gedanken sehr viele Briefe geschrieben, weil mir klar war, daß selbst Menschen wie Du und Laue die wirkliche Lage nicht begriffen hatten ... Das ist ja das Unglück von Deutschland, daß Ihr alle den Maßstab für Recht und Fairness verloren hattet. Du hattest mir selbst im März 1938 erzählt, daß Hörlein Dir gesagt hat, daß schreckliche Sachen gegen die Juden gemacht werden würden. Er wußte also von allen den geplanten und später ausgeführten Verbrechen und war trotzdem Mitglied der Partei, und Du hast ihn – auch trotzdem – für einen sehr anständigen Menschen angesehen und Dich von

ihm in Deinem Verhalten gegenüber Deinem besten Freund bestimmen lassen.
Ihr habt auch alle für Nazi-Deutschland gearbeitet und habt auch nie nur einen passiven Widerstand zu machen versucht. Gewiß, um Euer Gewissen los zu kaufen, habt Ihr hier und da einem bedrängten Menschen geholfen, aber Millionen unschuldiger Menschen hinmorden lassen, und keinerlei Protest wurde laut.
Ich muß Dir das schreiben, denn es hängt so viel für Euch und Deutschland davon ab, daß Ihr einseht, was Ihr habt geschehen lassen. Es ist hier im neutralen Schweden schon lange vor Kriegsende diskutiert worden, was man mit den deutschen Gelehrten nach Beendigung des Krieges tun soll. Wie mögen erst die Engländer und Amerikaner darüber denken? Ich und viele andere mit mir meinen, ein Weg für Euch wäre, eine offene Erklärung abzugeben, daß Ihr Euch bewußt seid, durch Euere Passivität eine Mitverantwortung für das Geschehene auf Euch genommen zu haben, und daß Ihr das Bedürfnis habt, soweit das Geschehene überhaupt gutgemacht werden kann, dabei mitzuwirken. Aber viele meinen, es sei zu spät dafür. Diese sagen, Ihr hättet erst Euere Freunde verraten, dann Euere Männer und Kinder, indem Ihr sie in einem verbrecherischen Krieg ihr Leben habt einsetzen lassen, und schließlich hättet Ihr auch Deutschland selbst verraten, weil Ihr, als der Krieg schon ganz hoffnungslos war, Euch nicht einmal gegen die sinnlose Zerstörung Deutschlands gewehrt habt. Das klingt erbarmungslos und doch glaube mir, es ist ehrlichste Freundschaft, warum ich Dir das alles schreibe. – Daß die übrige Welt Deutschland bedauert, könnt Ihr wirklich nicht erwarten. Was man in diesen Tagen von den unfaßbaren Greueln in den Konzentrationslagern gehört hat, übersteigt alles, wovor man sich gefürchtet hatte. Als ich im englischen Radio einen sehr sachlichen Bericht der Engländer und Amerikaner über Belsen und Buchenwalde hörte, fing ich laut an zu heulen und konnte die ganze Nacht nicht schlafen. Und wenn Du die Menschen gesehen hättest, die aus den Lagern hierher kamen ... Du wirst Dich vielleicht erinnern, daß ich, als ich noch in Deutschland war, ... Dir oft sagte: Solange nur wir die schlaflosen Nächte haben und nicht Ihr, solange wird es in Deutschland nicht besser werden. Aber Ihr hattet keine schlaflosen Nächte, Ihr habt nicht sehen wollen, es war zu unbequem. Ich könnte es Dir an vielen, großen und kleinen, Beispielen beweisen. Ich bitte Dich, mir zu glauben, daß alles das, was ich hier schreibe, ein Versuch ist, Euch zu helfen.
Mit sehr herzlichen Grüßen an alle Deine Lise.«

Ich selbst habe nicht an der Atombombe mitgearbeitet

Hiroshima und Nagasaki, schrecklicher Ruhm und erste Amerika-Reise, Nobelpreisverleihung an Otto Hahn 1945–1946

Am 6. August 1945, dem Tag, an dem die Amerikaner die erste Atombombe auf die japanische Stadt Hiroshima warfen, hört Lise Meitner kein Radio und liest keine Zeitung. Erst ein Telefonat macht sie auf dieses weltverändernde Ereignis aufmerksam:

»An diesem Tag rief mich ein Reporter an und fragte mich, was ich zur Bombe zu sagen hätte. Ich fragte, über was in aller Welt reden Sie denn, und sagte ihm, daß ich wohl die falsche Gesprächspartnerin sei. Aber als er sagte ›Atombombe‹, kamen meine Befürchtungen, die ich in all den vergangenen Jahren halb verdrängt hatte, wieder zurück. Ich wußte und ich hätte es eigentlich die ganze Zeit wissen müssen: Die Energie, bei deren Freilassung wir geholfen hatten, wird zum Bau einer zerstörerischen Bombe eingesetzt werden.«*

Die Presse stürzt sich auf Lise Meitner, weil alle anderen Experten verschwunden sind. Otto Hahn wird zusammen mit anderen deutschen Atomwissenschaftlern in England von den Siegermächten festgehalten. Die Naturwissenschaftler, die in den Vereinigten Staaten den geheimen Bombenbau vorangetrieben haben, sind noch nicht erreichbar.

Am 8. August 1945 meldet die amerikanische Zeitung New York Herald Tribune, daß die mathematischen Berechnungen von Dr. Lise Meitner, der 67 Jahre alten Österreicherin, eine bedeutende Rolle bei der Entwicklung der Atombombe gespielt haben. In Amerika stöbern Reporter die Geschwister Lise Meitners auf, um mehr über die Beteiligung der plötzlich so berühmt gewordenen Schwester an der Atombombe zu erfahren. Eine deutsche Zeitung

* Übersetzung der Verf.

schreibt: »Dr. Lise Meitner, die österreichische Physikerin, die 1938 aus Berlin vertrieben wurde, hatte einen entscheidenden Anteil an der Erfindung der Atombombe.« Schnell erhält sie den Titel »Mutter der Atombombe«. Eine amerikanische Nachrichtenagentur meldet, daß sie deswegen in Schweden Todesdrohungen erhalten haben soll. In diesem Wirrwarr, in dem Gerüchte und Spekulationen gedeihen, betont Lise Meitner immer nur eines: »Weder Professor Hahn noch ich selbst haben den leisesten Anteil an der Entwicklung der Atombombe gehabt.« Am 9. August 1945 zerstört eine zweite Atombombe die Stadt Nagasaki. Wahrscheinlich weiß Lise Meitner davon noch nichts, als sie an dem gleichen Tag um 18 Uhr 30 im Radio ein Live-Gespräch mit der Frau des vor einem Jahr verstorbenen amerikanischen Präsidenten Franklin D. Roosevelt* führt, das die amerikanische Rundfunkgesellschaft NBC zwischen New York City und Leksands in Schweden überträgt. Das pathetisch klingende Gespräch der zwei Frauen (siehe Kasten) steht ganz unter dem Eindruck, daß die Atombombe den Krieg endgültig beendet hat. Lise Meitner hat Schwierigkeiten, das Amerikanische zu verstehen und englisch zu antworten, dadurch verläuft das Gespräch etwas einseitig. Lise Meitners Kommentar zu der Radiosendung: »Sie vertrat die amerikanischen Frauen und ich, so denke ich mir, die Frauen Europas.«
Zwei Tage nach diesem Gespräch erklingt Lise Meitners Stimme wieder in Amerika. Am 11. August spricht sie in einer Radiosendung auch mit einer ihrer Schwestern in den Vereinigten Staaten. Neun Jahre hat sie ihre Geschwister in England und Amerika nicht gesehen. Wohl auch aus diesem Grund akzeptiert sie schnell und sehr gern die Einladung nach Amerika, die im September in ihr Haus flattert. Ein österreichischer, emigrierter Physiker, Dr. Karl Herzfeld, bietet Lise Meitner im Winter-Semester 1946 eine Gast-Professur an der Katholischen Universität von Amerika in Washington an. Sie kann ein halbes Jahr bleiben, alle ihre Ausgaben werden übernommen.

* *Eleanor Roosevelt* (1884–1962), Lehrerin und Journalistin, Mitglied der demokratischen Partei. Sie war in sozialen und Frauen-Organisationen tätig und von 1947–1951 Vorsitzende der UN-Menschenrechtskommission.

»Frauen haben eine Verantwortung«

Auszüge aus dem Gespräch zwischen Lise Meitner und Eleanor Roosevelt am 9. August 1945*

Roosevelt:
Als ich die dramatische Geschichte las, wie diese neue Entdeckung eigentlich angefangen hat, und erfuhr, daß eine Frau dabei eine solch bedeutende Rolle gespielt hat, fühlte ich eine große Verantwortung. Diese Entdeckung ist eine riesige Kraft, und wenn eine Frau die Möglichkeit hatte, an ihrer Entdeckung teilzuhaben, so haben die Frauen auf der ganzen Welt um so mehr Sorge dafür zu tragen, daß sie in Zukunft zum Wohle der Menschheit genutzt wird und nicht zerstörerischen Zwecken dient. Ich möchte Sie, Frau Dr. Meitner, fragen, was Sie fühlten, als Sie zum ersten Mal von dem Atombomben-Abwurf hörten und Ihnen klar wurde, daß das den zerstörerischen Krieg beenden könnte.

Meitner:
Ich bin ganz Ihrer Meinung, Frauen haben eine Verantwortung – und wir sollten versuchen, einen weiteren Krieg, soweit wir können, zu verhindern. Und ich hoffe, daß die Atombombe nicht nur diesen furchtbaren Krieg – die Kriege hier und in Japan – beendet, sondern ich wünsche mir auch, daß wir diese riesige Energiequelle für friedliche Zwecke nutzen werden.

Roosevelt:
Sie als Wissenschaftlerin werden sich sicher über jeden wissenschaftlichen Fortschritt freuen, aber als Frau müssen Sie doch den großen Wunsch haben, daß dieser Fortschritt genutzt wird, um das Leben auf der Welt zu bewahren und zu verbessern. Haben Sie irgendwelche Vorstellungen, wie die Atomenergie kontrolliert werden sollte?

Meitner:
Ich hoffe, daß es durch die Zusammenarbeit aller Nationen und großer Anstrengungen möglich sein wird, bessere Beziehungen zwischen allen Ländern zu erreichen, um solche schrecklichen Dinge zu verhindern, wie wir sie in den letzten Jahren erlebt haben.

Roosevelt:
Ich hoffe, daß wir in den Vereinigten Staaten eines Tages das Vergnügen haben werden, genau wie Madame Curie, auch Sie zu empfangen, und daß wir Ihre Größe genau wie die von Madame Curie erleben dürfen. Denn Sie haben großen Mut bewiesen, und ich denke, daß jede Frau stolz auf das ist, was Sie geleistet haben.

* Übersetzung der Verf. aus: D. Crawford, *Lise Meitner – Atomic Pioneer*

Lise Meitner stürzt sich in die Vorbereitungen für diese große Reise. Sie verbessert ihr Englisch und bereitet Vorlesungen vor. Sie arbeitet mindestens vierzehn Stunden täglich. An ihre Schwester in Washington verfaßt sie einen »sehr unphysikalischen Brief« – sie hat Kleidersorgen:

»... ich will Dir keine Schande machen und auch nicht wie eine sächsische Wetterhexe ausschauen. Und wenn man so alt ist, sind die Kleider das Beste an einem ... Nun brauche ich ein paar praktische Ratschläge von Dir in puncto Kleidern. Ich weiß, daß das in Amerika eine gewisse Rolle spielt. Ich besitze ein ziemlich neues Jackenkleid, das, solange es nicht zu heiß ist, für die Vorlesungen geeignet sein dürfte, für den Sommer muß ich mir etwas Entsprechendes machen lassen. Ferner habe ich ein zwar recht altes (noch von Berlin) schwarzes kurzes Seidenkleid als Nachmittagskleid, ferner ein sehr einfaches schwarzes Abendkleid aus Tuch und ein besseres schwarzes, recht altes (Berlin) Abendkleid aus Velourchiffon mit 3/4 langen Ärmeln und einer hübschen echten Spitze, das ich kürzlich zu einer besonderen Gelegenheit habe herrichten lassen. Ich vermute, ich muß auch ein besseres leichteres Abendkleid haben. Meinst Du nicht, ich könnte es in Washington kaufen? Man sagt mir, es sei dort billiger als hier, und ich hätte dann auch Deinen Rat, was geeignet für Amerika ist ...
... Sei lieb und schreibe mir, wie Du darüber denkst. Ich vermute, daß ich außerdem einen anständigen Hut brauche für Nachmittagseinladungen, und ich besitze überhaupt keinen Strohhut, da man hier (wir haben ja hier kaum richtig Sommer) normalerweise und für nicht allzu mondäne Anlässe immer in Filzhüten herumläuft. Aber einen Hut kann ich ja wohl auch in Washington kaufen?« (10. November 1945)

Nach einem Zwischenstop in England, wo sie ihren Bruder Walter in London besucht, fliegt Lise Meitner im Januar 1946 in die Vereinigten Staaten. Der Flug ist für die 67jährige alte Dame ein großes Erlebnis: »Das Bewußtsein über den Ocean zu fliegen, ist ein großer Eindruck.« Am 27. Januar kommt sie in New York City an. Etwas erkältet und verschreckt steht sie im Scheinwerferlicht der Öffentlichkeit, hinter vielen Mikrophonen. Die Presse stürzt sich auf sie. Daß sie immer wieder nach der Atombombe gefragt wird, stört sie. Einem New York Times-Reporter erklärt sie: »Sie wissen hier in Amerika mehr über die Atombombe als ich.«
Die Physikerin ist aus der Wüste ihres Exils in ein »Narrenhaus« geraten. Reporter, Radio- und Kinoleute überlaufen sie und

fragen ständig nach ihrem Privatleben. Sie beantwortet keine dieser zudringlichen Fragen. Nur über ihre Nationalität gibt sie bereitwillig Auskunft. Lise Meitner hebt immer hervor, daß sie Österreicherin ist und keine Deutsche.
Sie genießt die hektische Aufmerksamkeit aber auch und saugt alle neuen Eindrücke begierig in sich auf. In New York ist sie überrascht, daß ihr die Wolkenkratzer nicht so besonders hoch vorkommen. Doch abends, wenn die unzähligen Fenster der Hochhäuser beleuchtet sind und die Skyline funkelt, überwältigt sie dieser »imposante« Anblick.
Bald nach ihrer Ankunft trifft Lise Meitner in Washington den amerikanischen Präsidenten, Harry S. Truman*. Das Präsidenten-Ehepaar kommt zu dem Empfang, den der amerikanische »Women's National Press Club« zu Ehren der Physikerin gibt. Denn die Journalistinnen wählen Lise Meitner zur »Frau des Jahres 1946«. Außer ihr werden noch zehn andere Frauen für ihre Leistungen in Kunst und Politik ausgezeichnet. Zu ihnen gehört zum Beispiel die Malerin Georgia O'Keefe. Lise Meitner wird mit folgenden, pathetischen Worten geehrt:

»Wie können wir in wenigen Worten sagen, was sie für uns bedeutet – diese Frau, die den Krieg beendet hat und die nun versucht, die Atomenergie auf einen friedlichen Weg zu führen? Lise Meitner – göttliches Geschenk gegen alle, die die menschliche Seele verfolgen. Lise Meitner, Symbol der Hoffnung für die Zukunft. Wir überreichen Ihnen die Auszeichnung ›Frau des Jahres‹.«**

Lise Meitner läßt, so berichten die Zeitungen, diese Ehrung sichtlich bewegt über sich ergehen. An ihre Schwester Gustl schreibt sie:

»Ich bekam vom Club eine schöne silberne Schale geschenkt und brauchte kein Wort zu reden, nur mit einer Verbeugung zu danken.«

Anfang Februar beginnt die Österreicherin mit ihrer Lehrtätigkeit an der Katholischen Universität in Washington. Dienstags, don-

* Der Demokrat *Harry S. Truman* (1884–1972) war der 33. Präsident der USA von 1945–1953

** Übersetzung der Verf.

nerstags und freitags hält sie jeweils eine einstündige Vorlesung über Kernphysik, außerdem bietet sie ein Seminar an. Mit einer Pressemitteilung kündet die Universität das der Öffentlichkeit an. Lise Meitner korrigiert den Entwurf des Pressebüros, sie streicht den Satz heraus, daß sie gerne alle Fragen beantwortet, »die im Zusammenhang mit meinen Versuchen zur Atomspaltung stehen«. Auch in dieser Pressemitteilung äußerst sie sich zur Atombombe.

»Ein dauernder Frieden ist wünschenswerter als die Entwicklung von Waffen, die die Menschheit vernichten können. Ich wußte nicht, daß die Atombombe entwickelt worden war, bis die Meldung kam, daß eine auf Japan abgeworfen wurde. Ich war überrascht, daß sie in so kurzer Zeit fertiggestellt wurde, und dafür gebührt den Männern und Frauen Anerkennung, die zu dieser wissenschaftlichen Entwicklung beigetragen haben. Es wäre jedoch wünschenswerter, wenn die Wissenschaftler nun alle ihre Anstrengungen darauf richten würden die Atomenergie für industrielle und friedliche Zwecke zu nutzen.«*

Empfindet es Lise Meitner nicht als unerträglich, daß sie durch die Atombombenabwürfe zu solchen Ehrungen, zu einem aus heutiger Sicht schrecklichen Ruhm kommt? Wahrscheinlich nicht. Denn wie die meisten ihrer Zeitgenossen glaubt auch sie, daß die Atombombe das Ende des Zweiten Weltkrieges beschleunigt und damit auch Menschenopfer verhindert hat. Außerdem weiß niemand so recht, welchen Schrecken die neuen Waffen in den japanischen Städten Hiroshima und Nagasaki verbreitet haben. Nur so wird verständlich, warum Lise Meitner im Jahre 1946 in Amerika der wissenschaftlichen Leistung, die in der Atombombe steckt, noch Achtung entgegenbringt.
In Amerika trifft Lise Meitner nicht nur ihre Schwestern und deren Familien wieder, sondern auch viele emigrierte Kollegen. Sie schreibt an Max von Laue: »Ich konnte nicht umhin zu denken: Was für ein Geschenk hat Deutschland Amerika gemacht.«
Ihrem alten Freund James Franck gesteht sie in einem Brief aus Washington, wie besorgt sie über die Zukunft der Welt ist. Doch wie könnte eine vernünftige und brauchbare Lösung für die

* Übersetzung der Verf.

Menschheit aussehen? Auch Lise Meitner weiß keine Antwort. Wenn sie eine wüßte, so beteuert sie gegenüber Franck, »würde ich die ganze Physik stehen lassen und meine Kraft dafür einsetzen«.

Was Lise Meitner in Amerika sieht und erlebt, findet nicht nur ihre Zustimmung. Sie wundert sich, daß der amerikanische Präsident Truman so »informell, beinahe burschikos« auftritt und den Eindruck eines »jovialen, lächelnden Jungen« macht. Ihr lapidarer Kommentar in einem Brief an Otto Robert Frisch: »Das ist vermutlich amerikanisch.« Ganz typisch für die USA findet sie die »Vorliebe und Begabung für alles Technische« und »die Befürchtung, unterschätzt zu werden«. Wie wach sie die politische Situation in den Vereinigten Staaten beobachtet, zeigt folgende Beschreibung der Amerikaner:

»Im allgemeinen finde ich ja, daß die Amerikaner etwas recht Kindliches haben, was reizvoll ist, aber oft sehr an Oberflächlichkeit streift. Ich bin ziemlich beunruhigt über die Art, wie hier die politischen Probleme behandelt werden. Es geschieht zu wenig für die europäischen Länder und außerdem habe ich oft Angst, daß Amerika im Begriff ist, militaristisch zu werden. Die Angst vor Rußland und das Bewußtsein, in der Atombombe eine große militärische Überlegenheit zu besitzen, verwirrt hier die Menschen. Die amerikanischen Wissenschaftler führen einen richtigen Kampf gegen diese Einstellung, aber das Militär ist viel stärker.« (19. April 1946)

In den ersten drei Monaten ihres Amerika-Aufenthaltes überschwemmen Lise Meitner über 500 Briefe. Darunter viele, zu viele Einladungen und nicht wenige Bittbriefe aus Deutschland, wo Tageszeitungen ihre USA-Reise gemeldet haben. Eine Frau Eich aus Würzburg fragt zum Beispiel bei der »sehr geehrten Frau Professor« an, ob sie ihr aus Amerika zwei Paar Schuhe, Größe 38/39, schicken kann, Geld sei vorhanden. Lise Meitner erfüllt den Wunsch nach ihrer Rückkehr und notiert auf dem Brief: 2 Paar getragene Schuhe geschickt. In Washington erreicht Lise Meitner auch die Bitte, Ehrenmitglied im »Bund der demokratischen Frauen Österreichs« zu werden. Sie nimmt an.

In Amerika treten Filmleute an Lise Meitner heran. Sie wollen ihren Anteil an der Atombombenentstehung dramatisch in Szene setzen. Sie lehnt jetzt und auch später alle derartigen Vorhaben ab: Sich selbst im Film dargestellt zu sehen, ist für sie »schlimmer, als nackt den ganzen Broadway hinunterzuspazieren«, schreibt Otto Robert Frisch in seinen Lebenserinnerungen. Lise Meitner ist eben eine sehr »private Person«. In den Vereinigten Staaten bittet sie die Journalisten immer wieder: »Laßt mich in Ruhe.« Schon vor der Reise und auch in Amerika lehnt sie strikt ab, »gegen meine innerste Überzeugung meine sehr uninteressante Lebensgeschichte zu schreiben oder schreiben zu lassen«. Sie meint nicht, daß sie dazu verpflichtet sei.

Im Juni ehrt die »Nationale Konferenz der Christen und Juden« die Physikerin auf einem Empfang. Der Nobelpreisträger und Kanzler der Universität von Washington, Dr. Arthur Compton, verliest die Würdigung. Geehrt wird Lise Meitner für ihren wissenschaftlichen Anteil bei der Uranspaltung und als eine Frau, »die an das Weltbürgertum glaubt und für die friedliche Nutzung der neugefundenen Energie steht, damit das Atomzeitalter zu einem Zeitalter des Friedens wird«.

Die vielen Zeitungsberichte, Menükarten und Tischkarten, Eintrittskarten und Fotos, die sie mit Präsident Truman beim Empfang des »Women's Press Clubs« zeigen, hebt Lise Meitner sorgfältig auf. In ein dickes, dunkelbraunes Lederalbum klebt sie alles liebevoll ein. Auch ein Kreuzworträtsel aus einer kalifornischen Zeitung, in dessen Mitte ihr Bild prangt, gehört zu den Erinnerungsstücken. Im Juli 1946 verläßt Lise Meitner, hochgeehrt mit vier Ehrendoktorwürden, auf dem Passagierschiff »Queen Mary« die USA.

Mit dieser Reise beginnt nach dem »Sein« in der Holzwerkstatt und dem »Werden« am Kaiser-Wilhelm-Institut in Berlin endlich der dritte Abschnitt im Leben dieser Wissenschaftlerin, ihr »Bedeuten«, das die politischen Ereignisse ab 1933 so brutal abgeschnitten haben.

In Amerika hat Lise Meitner zwar Angebote erhalten, dort zu leben und zu arbeiten. Doch sie will mit bald siebzig Jahren ihr Leben nicht noch einmal ganz umstellen – auf ein neues Land und eine neue Sprache. Sie kehrt nach Europa, nach Stockholm zurück. In einem Brief gesteht sie ihrer Freundin Eva von Bahr-Bergius, daß sie sich nach ihrer großen Reise noch heimatloser fühle als zuvor. Ihr ist durch das Wiedersehen mit den alten Kollegen und ihren Familienangehörigen noch klarer geworden, wie allein sie ist.

Im Dezember 1946 trifft Lise Meitner in Stockholm Otto Hahn und dessen Ehefrau Edith, die anläßlich der Nobelpreis-Verleihung nach Schweden kommen. Die Kaiser-Wilhelm-Gesellschaft heißt noch »Max-Planck-Gesellschaft in der britischen Zone«*, Otto Hahn ist der vorläufige Präsident. Der Besuch aus Deutschland trägt sich am 5. Dezember 1946 in Lise Meitners altes Gästebuch ein: »Nach langer Zeit endlich mal wieder.« Hinter ihre Unterschrift setzen Otto und Edith Hahn in Klammern den Satz: »die sich wie in 1001 Nacht vorkommen!« – wohl wegen des Diners, das Lise Meitner für sie gibt. Zwei Tage später sind die Hahns »schon wieder bei der Lise«. Am 10. Dezember überreicht der schwedische König Otto Hahn den Chemie-Nobelpreis für die Entdeckung der Kernspaltung.

Hahns Besuch in Schweden überschatten Auseinandersetzungen mit Lise Meitner. Thema ist nicht etwa der Nobelpreis, sondern sind politische Fragen. Sie widerspricht ihrem alten Kollegen entschieden, wenn dieser beklagt, daß die Amerikaner jetzt dasselbe in Deutschland täten, was die Deutschen in Rußland und Polen getan hätten. Lise Meitner schildert James Franck in einem früheren Brief, wie sogar Hahn, der die Nazis gehaßt und verachtet hat, mit aller Macht verdrängt. Er habe zu ihr gesagt:

»... er sei glücklich, daß sich Deutschland nicht mit der Schuld der Konstruktion einer Atombombe und dem sinnlosen Töten von so vielen tausend Menschen belastet hätte. Ich versuchte ihm klarzumachen, daß er das wohl hätte sagen dürfen, wenn er dazugefügt hätte, er sei darum darüber froh, weil die Deutschen ja so viel Schreckliches getan hätten ...«

* Die Max-Planck-Gesellschaft zur Förderung der Wissenschaften e.V. wird erst 1948 endgültig Rechtsnachfolger der Kaiser-Wilhelm-Gesellschaft. *Hahn* ist von 1948–1960 ihr Präsident. Heute unterhält die Max-Planck-Gesellschaft, die zum großen Teil Bund und Länder finanzieren, rund 50 Forschungsinstitute in der Bundesrepublik, die hauptsächlich natur- und geisteswissenschaftliche Grundlagenforschung betreiben.

Lise Meitner versteht auch nicht, daß jetzt

»... die Legende verbreitet wird, daß die Deutschen aus purster Anständigkeit die Atombombe nicht gemacht hätten. Ich habe natürlich Hahn gesagt, daß er Deutschland nicht mit unrichtigen Behauptungen helfen könnte, daß die Alliierten genau wüßten, wie überraschend wenig die Deutschen von den Vorbedingungen einer explosiven Kernreaktion gewußt hätten, und daß es ein großer Nachteil für Deutschland sei, wenn so anständige Menschen wie er zu so unrichtigen Mitteln der Hilfe griffen. Im Moment schien es ihm etwas einzuleuchten, aber es wirkte nicht nach, und in allen seinen Interviews klang derselbe Ton. Nur die Vergangenheit vergessen und das Unrecht hervorheben, das Deutschland geschieht. Da ich ja ein Teil der zu verdrängenden Vergangenheit bin, hat Hahn in keinem der Interviews, wo er über seine Lebensarbeit sprach, unsere langjährige Zusammenarbeit oder auch nur meinen Namen erwähnt. Ich habe eine Reihe von entrüsteten Anfragen über die Ursache von Hahns Verhalten bekommen ... Es war mir ganz klar, daß Hahn sich seiner Unfreundschaftlichkeit kaum bewußt war, und er hat mir ganz naiv nach seiner Rückkehr für meine ›große Freundschaftlichkeit‹ gedankt. Natürlich war das Zusammensein mit ihm manchmal etwas schmerzhaft, aber ich war darauf gefaßt und hatte mir fest vorgenommen, keine persönlichen Debatten zu führen, und daran habe ich festgehalten.«

Lise Meitner sucht nach einer Erklärung für Hahns Meinung, die ihrer Einschätzung nach viele anständige Deutsche teilen. Sie stellt sich selbst die Frage, ob ihre Generation vielleicht zu alt ist, um den Dingen klar ins Auge zu sehen. Vielleicht haben alle – auch sie – nicht mehr die Kraft dazu: »Es scheint mir jedenfalls beunruhigend für die Zukunft von Deutschland und für die Zukunft der Welt.«

Bei mir sind die Gefühle etwas gemischter Art

Distanz zu Nachkriegsdeutschland, Anerkennung und Ehrungen, Lebensabend in Cambridge 1946–1968

Ein Brief mit einer »sehr schicksalsschweren Frage« erreicht Lise Meitner im Jahre 1947. Fritz Straßmann, der mit ihr und Otto Hahn am Kaiser-Wilhelm-Institut zusammengearbeitet hat, fragt bei der Frau Professor an, ob sie nicht die Leitung der Physikalischen Abteilung in Mainz übernehmen und damit nach Deutschland zurückkehren möchte. Straßmann selbst arbeitet als Professor am neugegründeten Max-Planck-Institut für Chemie.
Lise Meitner freut sich über das Angebot, besonders weil es von Straßmann kommt, den sie sehr schätzt. Sie schreibt ihm: »Ich sage Ihnen ganz aufrichtig, wenn die Anfrage nicht von Ihnen gekommen wäre, ich sie wirklich nur mit Nein hätte beantworten können.« Doch jetzt denkt sie die unerwartete Möglichkeit, die sich ihr eröffnet, in allen Konsequenzen durch. Auf der einen Seite spürt sie die Sehnsucht nach ihrem alten Wirkungskreis, die sie niemals verlassen hat. Auf der anderen Seite weiß sie, daß nichts mehr so sein wird und sein kann wie vor ihrer Flucht, wie vor der Terrorherrschaft Hitlers. Ihrer Freundin Eva von Bahr-Bergius erklärt sie, warum sie auf das Stellenangebot aus Mainz »ausweichend« antwortet:

»Ich glaube persönlich, daß ich nicht in Deutschland leben könnte. Nach allem, was ich aus den Briefen meiner deutschen Freunde sehe und von anderer Seite über Deutschland höre, haben die Deutschen noch immer nicht begriffen, was geschehen ist, und alle Greuel, die nicht ihnen persönlich widerfahren, völlig vergessen. Ich glaube, ich würde in dieser Atmosphäre nicht atmen können.« (10. Januar 1948)

Ihre Bedenken verstärken alte Mitarbeiter des Kaiser-Wilhelm-Instituts, die um sogenannte »Persil-Scheine« bitten – eine Art Zeugnis, die sie als Nichtnazi ausweisen soll. Lise Meitner hält nicht viel von dieser »sogenannten Entnazifizierung«, weil das »nur zu Verlogenheit und Erbitterung führt«. Auch bei dem ersten Wiedersehen mit Elisabeth Schiemann, die Lise Meitner 1947 in London trifft, spürt sie, wie schwer es ist, miteinander zu reden. Unbefangen ist keine der Frauen. Elisabeth fragt Lise Meitner, ob sie nicht daran denke, nach Österreich zurückzukehren. Die Physikerin antwortet erstaunt, sie könne doch gar nicht nach Österreich zurückgehen, weil sie dort niemals eine Stellung gehabt habe. Elisabeth Schiemann meint, daß die Österreicher vielleicht eine Stellung für sie schaffen könnten. Die sicher gut gemeinten Vorschläge der Freundin verletzen Lise Meitner, die sensibel alle vermeintlichen Zwischentöne registriert. Sehr getroffen fragt sie Hahn in einem Brief: »Wollte sie [Elisabeth] mir damit sagen, daß man mich in Deutschland nicht mehr haben will?«

Trotz der Vergangenheit, trotz ihrer Kritik und ihren Befürchtungen geht Lise Meitner auf die alten Kollegen zu. Fast zehn Jahre nach ihrer Flucht aus Berlin betritt sie zum ersten Mal wieder deutschen Boden. Im April 1948 reist sie nach Göttingen zur Gedächtnisfeier für den verstorbenen Max Planck, den sie so sehr verehrt hat. Dort spricht sie mit Otto Hahn über die angebotene Stelle in Mainz. Im Sommer sagt sie von Stockholm aus endgültig ab. Der Brief, in dem sie Otto Hahn ihre Beweggründe erläutert, ist nochmals eine Abrechnung mit der Hitler-Zeit und besonders mit dem Verhalten der Wissenschaftler gegenüber dem Nationalsozialismus:

»Jedenfalls glaube ich, daß ich nicht die Stelle in Mainz übernehmen kann. Ich habe wenig Angst vor den ungünstigen Lebensverhältnissen, aber sehr erhebliche Bedenken gegenüber der geistigen Mentalität. Alles, wo ich etwa – außerhalb der Physik – anderer Meinung sein würde als die Mitarbeiter, würde sicher mit den Worten begegnet werden: Sie versteht natürlich die deutschen Verhältnisse nicht, weil sie Österreicherin ist, oder weil sie jüdischer Abstammung ist ...

Man hat ja zu viele Beweise, wie viele Wissenschaftler mit Hitler (mit und ohne Überzeugung) mitgegangen sind. Als Einstein 1933 in Amerika vor den unglücklichen Folgen des Hitlerismus warnte, wurde er sofort aus der Akademie der Wissenschaften ausgeschlossen (noch vor April 33). Das kann doch nicht von einer Minderheit der Akademie durchgeführt worden sein. Fast gleichzeitig hat Leux und ein anderer Chemiker den Antrag gestellt, daß Einstein die Ehrenmitgliedschaft in der Chemischen Gesellschaft entzogen werden soll, was auch nur von der Mehrheit des Vorstandes beschlossen worden sein kann. Als Franck in einem Zeitungsartikel seinen Rücktritt von seiner Professur mit den Worten begründete, daß seinen Kindern die Möglichkeit verwehrt würde, ›sich als gute Deutsche zu bewähren‹, haben 42 Dozenten der Göttinger Universität einen Aufruf gegen ihn veröffentlicht, ›er sabotiere das Dritte Reich‹ ... Ist es wirklich berechtigt zu sagen, daß die Mehrzahl der Wissenschaftler von Anfang an gegen Hitler war? ...« (6.7.1948 an Otto Hahn)

Im Gegensatz etwa zu Albert Einstein, der nie wieder deutschen Boden betritt und keine deutschen Ehrungen annimmt, reicht Lise Meitner die Hand zur Versöhnung. Als sie zum »Auswärtigen Wissenschaftlichen Mitglied der Max-Planck-Gesellschaft« gewählt wird, nimmt sie an. Sie bittet gleichzeitig, ihre Zusage als Ausdruck ihrer Dankbarkeit aufzufassen für die schönen Jahre wissenschaftlicher Arbeit, die ihr die Kaiser-Wilhelm-Gesellschaft vor 1933 geboten habe.
Die zahlreichen Auszeichnungen*, die Lise Meitner ab 1948 nicht nur aus Österreich, sondern auch aus der Bundesrepublik erhält, akzeptiert sie alle. In ihrer Dankesrede für den Otto-Hahn-Preis erklärt sie, warum:

»Wenn ich von den politischen Problemen absehe, waren meine in Deutschland verbrachten Jahre die schönsten meines Lebens.«

Diese schönsten Jahre werden nochmals schmerzlich gegenwärtig, als Lise Meitner Anfang der fünfziger Jahre Berlin besucht und durch »die Trümmer meiner eigenen Vergangenheit« geht. Wo früher die Dienstvilla stand, in der sie gelebt hatte, sieht sie einen unordentlichen, teilweise mit Gras bewachsenen Platz. An einigen Stellen kann sie aus dem Bodenmuster noch erkennen, wo einmal ihr Badezimmer, ihre Küche und der Wintergarten gewesen waren: »Das Wiedersehen mit Dahlem war etwas beklemmend.«

* Ehrungen und Preise *Lise Meitners* auf Seite 132.

Lise Meitner – eine Beschreibung aus dem Jahre 1953

Es fällt auf den ersten Blick schwer, sich vorzustellen, daß Frau Meitner tatsächlich unser gesamtes Weltbild entscheidend beeinflußt hat. Diese zierliche Dame, die selbst in hochhackigen Pumps noch auffallend klein wirkt, hat so sanfte Bewegungen, eine so warme, leise Stimme, daß man sie sich überhaupt nicht in irgendeinem wissenschaftlichen Institut, sondern nur in der Intimität eines Zimmers vorstellen mag. Selbst in einem Hörsaal gibt sie jedem ihrer tausend Zuhörer das Gefühl, als unterhalte sie sich mit ihm allein. Sie hat nichts Lehrhaftes, nichts Dozierendes. Sie erzählt, ja, sie plaudert fast. So meint man – bis dann plötzlich ihr Manuskript mit einem lauten Rascheln vom Pult herunterfällt, und sie es nicht einmal bemerkt. Und man sieht, sie plaudert eben doch nicht, sie arbeitet so konzentriert, daß für sie nichts mehr wirklich ist außer ihren Gedanken.
Aber Lise Meitner lebt nicht nur in ihrer Gedankenwelt. Das zeigte sich anschaulich, als die heute in Stockholm Lebende nach dem Vortrag eng von einstigen Mitarbeitern umringt wurde. Nicht nur von Professoren. »Kennen Sie mich denn nicht mehr, Frau Professor«, sagte etwa einer, »ich war doch damals Bote im Institut.« Sie kannte ihn, sie kannte jeden einzelnen, und nicht nur das, sie erinnerte sich der Frauen, fragte, was aus der Ausbildung des Sohnes, der Heirat der Tochter geworden sei. Sie war erschüttert, als sie zweimal hintereinander die Antwort bekam: Der ist auch gefallen. Denn Lise Meitner ist eine mitfühlende, warmherzige Frau.

Berliner Tagesspiegel
10. April 1953

Alte, kaum verheilte Wunden reißen immer schnell wieder auf. Besonders wütend und gleichzeitig bedrückt ist Lise Meitner, als sie im Jahre 1953 von einem Vortrag und einem Artikel erfährt, worin sie als »die langjährige Mitarbeiterin Hahns, Frl. Lise Meitner« dargestellt wird. Sie schreibt Otto Hahn:

»Ich bin im Jahre 1917 vom Verwaltungsrat des K.W.I. [Kaiser-Wilhelm-Instituts] für Chemie offiziell mit der Einrichtung der Physikalischen Abteilung betraut worden und habe sie 21 Jahre geleitet. Versuche Dich mal in meine Lage hineinzudenken! Soll mir nach den letzten 15 Jahren, die ich keinem guten Freund durchlebt zu haben wünsche, auch noch meine wissenschaftliche Vergangenheit genommen werden? Ist das fair? Und warum geschieht es? Was würdest Du sagen, wenn Du auch charakterisiert würdest als der langjährige Mitarbeiter von mir?«

Diese Einordnung, gegen die sich Lise Meitner zu Recht wehrt, hält sich – teilweise unter den Fachkollegen und sicher in der Öffentlichkeit. Das große Vergessen beginnt, besonders als ihre Generation nach und nach wegstirbt. Im Jahre 1974 muß ihr ehemaliger Mitarbeiter Straßmann feststellen:

»Man fragt darum mit Staunen, warum die Jugend bei uns, und sogar der wissenschaftliche Nachwuchs, so wenig oder gar nichts weiß von dieser ungewöhnlichen Frau.«

Nach dem Ende des Zweiten Weltkrieges verbessert sich Lise Meitners Arbeitssituation in Schweden. Sie bezieht drei kleine Räume in der »Försökstation« der Königlich-Technischen Hochschule in Stockholm, ihr stehen Geräte zur Verfügung, sie hat wieder Assistenten:

»Es ist ja ein Wunder, daß mir in meinem Alter eine solche Möglichkeit geboten wird, und da in Schweden die Kernphysik sehr wenig entwickelt ist, scheint die Möglichkeit gegeben, daß ich etwas nützlich sein könnte. Also habe ich allen Grund, dankbar zu sein.« (31. August 1946 an Eva von Bahr-Bergius)

Ende 1947 bewilligt ihr der schwedische Reichstag eine Forschungsprofessur mit entsprechendem Gehalt. Sie hat keine finanziellen Sorgen mehr. Als sehr ungerecht empfindet sie es, daß die Max-Planck-Gesellschaft nun dieses neue, »ziemlich hohe Gehalt« gegen ihre Emeritierungsbezüge verrechnen will, nachdem sie neun magere Jahre lang nicht einmal das Gehalt eines Assistenten bezogen hat.
Lise Meitners Leben normalisiert sich. Sie lebt jetzt allein in Stockholm, nachdem die Eltern von Otto Robert Frisch auf ihre alten Tage zu dem Sohn nach Cambridge gezogen sind. Im Jahre 1948 nimmt sie die schwedische Staatsbürgerschaft an. Der Schwedische Reichstag hat ihr in einem namentlichen Beschluß

erlaubt, die österreichische beizubehalten. An die österreichische Gesandtschaft muß sie 500 Kronen zahlen, damit sie Österreicherin bleiben darf. Schon 1922 zahlte sie eine beträchtliche Summe

»... um damals nicht mein Heimatrecht, d.h. das Recht auf das Armenhaus in Lainz, zu verlieren. No ja, Narrheiten kosten Geld.«

Die grauhaarige alte Dame mit dem neuen schwedischen Paß ist noch sehr rüstig. Sie geht jeden Tag zu Fuß den gut ein Kilometer langen Weg von ihrer Wohnung zum Forschungsinstitut, in ihren Ferien wandert sie und besteigt hohe Berge, bevorzugt in Österreich:

»Ich bin vor ein paar Tagen von Tirol zurückgekommen, wo ich mich sehr gut erholt und eine ungewöhnlich schöne Zeit gehabt habe. Hintertux liegt 1500 m hoch und 1000 m hinaufzusteigen, war eine besondere Freude und auch eine kleine Genugtuung, daß es mir sehr leicht fiel. Die österreichischen Berge sind ja meine wirkliche Heimat, und überall seine eigene Sprache sprechen zu hören, war eine extra Freude.« (20. August 1950 an Arnold Flammersfeld)

In Schweden fühlt sich Lise Meitner eben doch nie richtig zu Hause, trotz der Bemühungen vieler Freunde und trotz der verbesserten Arbeitssituation. Sie bleibt eine Ausländerin, die die schwedische Sprache nicht wirklich beherrscht. Und das bedingt, »daß ich außerhalb aller Dinge stehe«. In ihrem Alter eine fremde Sprache wirklich zu erlernen, erfordert eine Kraftanstrengung, die sie neben der wissenschaftlichen Arbeit nicht mehr aufbringen kann. Lise Meitner behält das Gefühl, nicht in ihr

»... neues Leben wirklich hineingewachsen zu sein. Das ist unabänderlich, und so nimmt man es als gegeben und hält sich an das Gute, das man doch immer und irgendwie und irgendwo geschenkt bekommt.« (20. Dezember 1957 an Elisabeth Schiemann)

Als ein wirkliches Geschenk erlebt Lise Meitner ihren Geburtstag am 7. November 1953. Sie wird 75 Jahre alt. Durch eine Zahlung von 25 Kronen an die Lokalzeitung hat Lise Meitner – wie schon bei ihrem 70. Geburtstag – verhindert, daß eine Meldung zu ihrem

Jubiläum erscheint. So sei sie sicher, daß alle Menschen aus wirklicher, innerer Freundlichkeit zum Gratulieren kämen. Über 150 Briefe und Telegramme erreichen sie, viele kommen aus dem Ausland, viele sind von Schülern und Kollegen. Lise Meitner ist gerührt. Sie erhält so viele Blumen, daß ihre Wohnung noch zwei Wochen nach dem Festtag »wie ein Blumengarten« aussieht.
Zu dem Geburtstag reisen auch ihr Lieblingsbruder Walter und Otto Robert Frisch an. Sie beteiligen sich an einem gemeinsamen Geschenk, das Lise Meitners schwedische Freunde besorgt haben. Am 7. November in der Früh weckt ein Grammophon mit sehr schöner Musik das Geburtstagskind. Lise Meitner erinnert sich: »Ein guter Auftakt für einen frohen Tag.« Elisabeth Schiemann schickt ein Buchgeschenk nach Schweden, Otto Hahn hat sich etwas Besonderes ausgedacht. Er spricht über den Berliner Sender RIAS einige Grußworte für die alte Kollegin, die Lise Meitner in Stockholm am 11. November empfangen kann. Als sie davon telegraphisch unterrichtet wird, muß sie sehr aufpassen, »um nicht überwältigt zu werden«.
Lise Meitner versöhnt sich mit ihrem Leben. Sie schreibt an ihren Bruder Walter:

»Ich halte mich an ein sehr schönes Goethe-Gedicht, das ich kürzlich entdeckt habe, in dem nach der Aufzählung der guten Dinge, die einem im Alter genommen werden, zum Schluß gesagt wird: Mir bleibt genug, es bleibt Idee und Liebe«.

Die Arbeit macht Lise Meitner auch wieder Spaß. Allerdings sei an das einstige Arbeitstempo nicht mehr zu denken, bemerkt sie gegenüber Otto Hahn. Sie beschäftigt sich wieder mit der Kernspaltung und überlegt, wovon es abhängt, ob die »fission« symmetrisch oder unsymmetrisch erfolgt. Sie veröffentlicht darüber einen Beitrag in der Wissenschaftszeitschrift »Nature«. Dieser Artikel, »Spaltung und Schalenmodell der Atomkerne« aus dem Jahre 1950, ist Lise Meitners vorletzter und ihre letzte bedeutende wissenschaftliche Veröffentlichung. Fast 150 Publikationen sind es geworden, bevor sie zwei Jahre später das experimentelle Arbeiten endgültig aufgibt.

»Ich bin der Meinung, daß man mit der wissenschaftlichen Arbeit aufhören soll, so lange man nicht mit dem Kopf wackelt.« (15. Oktober 1952 an Otto Hahn)

Im Jahre 1953 bezieht sie ein »fürsorglich eingerichtetes Arbeitszimmer« am Institut von Sigvard Eklund, der für die Königliche Akademie der Ingenieurwissenschaften einen Forschungsreaktor baut. Lise Meitner fühlt sich wohl in ihrem »Altersstüberl«. Sie geht einmal wöchentlich in wissenschaftliche Kolloquien und versucht in ihrem Fachgebiet, der Kernphysik, auf dem laufenden zu bleiben.
Wenn sie Zeit hat, besucht sie gerne Freunde in Österreich und Deutschland. Sie trifft den Bundespräsidenten Theodor Heuss, der ihr den Verdienstorden der Bundesrepublik, den Orden »Pour le mérite«, verleiht. Sie ist Gast bei der Nobelpreisträger-Tagung in Lindau. Im Jahre 1959 fliegt sie nach Berlin, wo das Hahn-Meitner-Institut für Kernforschung eingeweiht wird. Sie genießt das Wiedersehen mit allen alten Kollegen, es sei so behaglich und erfreulich gewesen.
Ein gern gesehener und häufiger Gast ist Lise Meitner auf Frauenkongressen und Akademikerinnentreffen. Sie spricht vor Frauen in der Bundesrepublik und Österreich, in Schweden und den Vereinigten Staaten über ihren Lebensweg und den anderer Wissenschaftlerinnen. Sie äußert sich auch allgemein zum Thema Gleichberechtigung:

»Einzigartige Leistungen wie die der Wissenschaftlerinnen Marie Curie oder Irène Joliot-Curie, der Schriftstellerin Selma Lagerlöf und von Florence Nightingale können zwar im Einzelfall gängige Vorurteile widerlegen, aber die Vorurteile bestehen trotzdem weiter. Sie richten sich hauptsächlich gegen Frauen in Mittelklasse-Berufen und ganz besonders gegen Frauen in Führungspositionen. Niemand scheint gegen Frauen als Fabrikarbeiterinnen zu protestieren. Aber ich kenne keine Frau, die in der Industrie eine leitende Stellung einnimmt.«*

Lise Meitner weiß nur zu gut, wieviel Vorurteile noch existieren: Als sie im Jahre 1948 als erste Frau Mitglied in der Österreichi-

* Übersetzung der Verf.

schen Akademie der Wissenschaften werden soll, gelingt ihre Wahl zum korrespondierenden Mitglied im Ausland nur gegen den harten Widerstand einiger Kollegen. »Wir dürfen es ja nicht außer acht lassen, daß es immer noch Unentwegte gibt, die Frauen nicht in solchen Körperschaften haben wollen«, schreibt ihr Stefan Meyer aus Wien.

Die Physikerin stiftet einen Teil ihres »Preises für Naturwissenschaften der Stadt Wien« der österreichischen Akademikerinnen-Vereinigung, deren Berichte sie mit großem Interesse liest. In einem Artikel fordern die Frauen, die Leitung von Mädchenschulen solle prinzipiell nur Frauen übertragen werden. Lise Meitner hält diese Forderung für »bedenklich«, obwohl sie einsehe, daß der Kampf um die Gleichberechtigung bei Stellenbesetzungen »leider nötig« sei. Sie fragt:

»Kann das nicht zu der Einstellung führen, daß keine Frau an einer Knabenschule eingestellt wird, und sollten nicht junge Menschen sowohl von Männern als auch von Frauen in ihrer Entwicklung beeinflußt werden?«

Im November 1962 zeichnet die Georg-August-Universität zu Göttingen Lise Meitner mit der Dorothea-Schlözer-Medaille* aus, »in Würdigung ihrer hohen Verdienste als weltweit anerkannte Forscherin und zugleich als Vorbild für alle wissenschaftlich arbeitenden Frauen«. Lise Meitner ist sich bewußt, daß sie durch ihr Leben gezeigt hat, daß Frauen – besonders auch in den Naturwissenschaften – Großes leisten können. Sie war keine kämpferische Frauenrechtlerin, sondern hat einfach durch ihr Beispiel einen Beitrag zur Gleichstellung der Frauen geleistet. Sigvard Eklund weiß aus Gesprächen mit ihr: »Darauf war sie stolz.«

Noch zu einem anderen Jahrhundert-Thema hält Lise Meitner viele Vorträge und besucht Tagungen, nachdem sie mit ihrer wissenschaftlichen Arbeit aufgehört hat. Seit dem 6. August 1946 – dem Tag, an dem die erste Atombombe explodiert ist – läßt sie eine Sorge nicht mehr los:

* *Dorothea Schlözer* (1770–1825) bestand 1787 als erste weibliche Kandidatin das philosophische Doktorexamen.

»Wie wird alles weitergehen? ... Es muß eine internationale Verständigung, eine Beseitigung der Geheimhalterei und eine internationale Kontrolle zustande kommen, oder die Menschheit geht rettungslos in ihr Verderben.«

Im Jahre 1953 sitzt Lise Meitner als einzige Frau im Ehrenkomitee der internationalen Wissenschaftler-Tagung »Wissenschaft und Freiheit«. In Hamburg mit dabei sind auch alte Berliner Kollegen: Otto Hahn, Max von Laue und James Franck, der »Vater der Atombombe« Robert Oppenheimer und der Philosoph Bertrand Russell. Lise Meitner beschäftigt sich zwar mit Politik, doch hütet sie sich davor, sich zu politischen Fragen öffentlich zu äußern. In denen fühle sie sich nicht kompetent, erklärt sie einem Reporter in Hamburg. Lise Meitner bleibt zurückhaltend und unterschreibt keinen der zahlreichen Aufrufe, die in den fünfziger Jahren gegen die Atomrüstung verfaßt werden.
Nur einmal überwindet sie ihre Zurückhaltung, im Jahre 1955 steht ihr Name unter einem Protestbrief. Es geht nicht um Atomwaffen, sondern um die Ernennung des Neo-Nazi Dr. Schlüter zum Bildungsminister von Niedersachsen, gegen die sich mit ihr zusammen zahlreiche ausländische Persönlichkeiten aussprechen.
Mit fast achtzig Jahren nimmt Lise Meitner an der zweiten Internationalen Konferenz für die friedliche Nutzung der Atomenergie der Vereinten Nationen teil. In Genf ist sie Mitglied der schwedischen Delegation. Sie glaubt und hofft, daß der Rüstungswettlauf beendet werden kann.
Fest hält Lise Meitner an ihrem Ideal der reinen Wissenschaft. Sie beklagt, daß der »ohnedies überbetonte Begriff der Nützlichkeit der Wissenschaft die Freude an dem Verständnis fundamentaler Naturgesetze mehr und mehr verdirbt«. Ihr Idealbild bleibt der Wissenschaftler, der aus Erkenntnisinteresse forscht und sein Wissen nicht in den Dienst irgendwelcher Nützlichkeiten oder Anwendungen stellt. Lise Meitner fühlt, daß dieses Ideal in der heutigen Welt kaum noch Platz hat. Sie liest die Berichte über den Fall Oppenheimer, über die Entstehung der Atombombe*. Als sie

* Zur Geschichte der Atombombe siehe Seite 127.

erfährt, wie alle an dem Atombombenbau Beteiligten ständig überwacht wurden, ihre Briefe geöffnet und Telefongespräche abgehört wurden, fragt sie: »In was für einer Welt leben wir?« Es ist nicht mehr die Welt, in der Lise Meitner groß geworden ist:

»Es ist alles so schwierig geworden, weil wir an den alten Grundlagen hängen, die nicht mehr da sind. Es ist in der Politik nicht anders als in der Kunst. Überall ist es ein Suchen nach neuen Grundlagen, nach neuen Ausdrucksformen und wenig bewußter Wille, sich gegenseitig zu verstehen und sich zu verständigen ... Wir lernen langsam. Trotzdem glaube ich daran, daß es einmal wieder eine vernünftig geordnete Welt geben wird – auch wenn ich es nicht mehr erleben werde.«

»Wunschloses Streben nach Wahrheit«

(Aus Vorträgen Lise Meitners)

Das Dilemma, daß die Forschung unschätzbare Verbesserungen aber auch unvorstellbare Leiden für die Menschen mit sich bringen kann, besteht ganz allgemein.
Stellt nicht die Wissenschaft einen sehr wertvollen Faktor in der Entwicklung des Menschentums dar? Sie erzieht den Menschen zum wunschlosen Streben nach Wahrheit und zur Objektivität, sie lehrt Menschen Tatsachen anzuerkennen, sich wundern und bewundern zu können, gar nicht zu reden von der tiefen Freude und Ehrfurcht, die die Gesetzmäßigkeit des Naturgeschehens dem wahren Wissenschaftler schenkt.
Natürlich kann die Wissenschaft uns keine Richtlinien für unser Handeln als Individuum und als Mitglied einer kleineren oder größeren Gemeinschaft geben. Aber sie kann in den Menschen Eigenschaften entwickeln, die ihn besser geeignet machen, sein Verhalten nach ethischen Grundsätzen zu orientieren.
Die tiefe Freude an der reinen Erkenntnis kann ihm gewissermaßen größere und richtigere Maßstäbe gegenüber allem Geschehenen geben und ihn vor kleinlicher Einseitigkeit schützen. Die reine Wissenschaft *kann* Menschen in dieser Weise beeinflussen; ich behaupte nicht, daß sie es immer tut.
Wenn trotzdem die technischen Fortschritte die Menschen in fast unlösbare Schwierigkeiten verwickelt haben, so liegt das nicht an dem »bösen Geist« der Wissenschaft, sondern daran, daß wir Menschen weit davon entfernt sind, das schon von den Griechen angestrebte »höhere Menschentum« erreicht zu haben.

Auf dem von ihr »so geliebten, lichtvollen Bild der Wissenschaft« liegen Schatten. Hinter jeder wunderbaren wissenschaftlichen Leistung lauere das Gespenst der schlechten Anwendungsmöglichkeiten. Vor langer Zeit, in der Holzwerkstatt, glaubte sie noch an die »Wunderbarkeit der Wissenschaft – und fast auch der Wissenschaftler«, dieser Glaube sei zerplatzt wie »Seifenblasen«. Ende der fünfziger Jahre ist die Welt in Ost und West geteilt, immer mehr Geld fließt in die militärische Forschung. Lise Meitner muß feststellen, daß keine internationale Verständigung in Sicht ist:

»Viel weiter entwickelt hat sich leider bisher der dunkle Weg zum Bösen, der Wettlauf in der Konstruktion todbringender Waffen, die nicht nur den ›Untergang des Abendlandes‹ sondern der ganzen Menschheit bedingen können. Wir wollen hoffen, daß schließlich Vernunft und Rechtsbewußtsein den falschen Weg ausschließen werden. Aber es gibt ein altes Sprichwort: ›Es ist später als Du denkst‹.«

Im Jahre 1959 reist Lise Meitner nochmals in die Vereinigten Staaten, sie hält Vorträge am Bryn-Mawr-College. Sie erzählt und plaudert gern mit den jungen Studentinnen, die aus allen Teilen der Welt stammen und, wie Lise Meitner feststellt, zum Teil ein ausgezeichnetes Wissensniveau haben. Obwohl die 81jährige Professorin das stetige Zusammensein mit Menschen und das ständige Englischsprechen anstrengt, stellt sie nach ihrer Rückkehr fest: »Die Reise nach Amerika hat mir wunderbar getan.«
Jung will Lise Meitner nicht noch einmal sein. Sie glaubt, daß es die heutige Jugend schwerer habe, ihren Weg zu finden, als es für die Älteren »trotz Hitler« gewesen sei. »Sie erleben viel mehr, aber es gibt ihnen weniger«, schreibt sie an die Tochter ihres alten Freundes James Franck.
Im Jahre 1960 trägt Lise Meitner zum letzten Mal, diesmal mit einem Kugelschreiber und schon etwas zittriger Handschrift, einen neuen Städtenamen in ihr altes Gästebuch ein: Cambridge. Sie ist in die alte, englische Universitätsstadt gezogen, um in der Nähe ihres Neffen Otto Robert Frisch und dessen Familie zu sein. Ihre Gesundheit ist angegriffen, das Rauchen hat sie noch in Schweden auf Rat eines Arztes aufgegeben. Sie kauft sich eine

kleine, ebenerdige Eigentumswohnung, die praktisch und modern ist. Ihr neues Zuhause hat ein Wohn- und Speisezimmer, Küche und Bad, ein Schlafzimmer für sie selbst und eines für die Haushaltshilfe. Lise Meitner, die zunehmend schwerhörig wird, hat den Ehrgeiz, solange sie kann, mit der modernen Physik mitzuhalten. Sie führt ein ständiges Verzeichnis »Otto-Robert-fragen«:

»Und ich habe mit ehrlichem Vergnügen schon vor Jahren scherzhaft und doch ernsthaft gesagt: Früher war Otto Robert mein Neffe, jetzt bin ich seine Tante. Ich bin sehr zufrieden mit dieser Veränderung.«

Im Jahre 1963 lädt Sigvard Eklund die alte Dame der Kernphysik nach Wien ein, wo sie über ihr Leben spricht. Ihre Ansprache wird unter dem Titel »Lise Meitner schaut zurück« gedruckt. In Wien faßt sie ihr Leben in dem Zitat zusammen, das am Anfang dieses Buches steht. Sie fügt hinzu:

»Der Erste und Zweite Weltkrieg und deren Folgen haben dafür gesorgt, daß mein Leben nicht einfach war. Daß es trotzdem ein erfülltes Leben war, verdanke ich der wundervollen Entwicklung der Physik zu meinen Lebzeiten und den großen und liebenswerten Persönlichkeiten, mit denen mich meine Arbeit auf dem Gebiet der Physik zusammenbrachte.«*

Weihnachten 1964 fährt Lise Meitner zum letzten Mal in die Vereinigten Staaten, um ihre Verwandten zu besuchen. Nach ihrer Rückkehr erleidet sie einen Herzanfall. Sie muß in ein Pflegeheim, wo sie sich wieder recht gut erholt.
Zwei Jahre später wird ihr nochmals eine große Ehre zuteil: 1966 verleiht die amerikanische Atomenergiebehörde den Enrico-Fermi-Preis der Vereinigten Staaten von Amerika zum ersten Mal an Nichtamerikaner, nämlich an das Team Hahn-Meitner-Straßmann. Zum ersten und gleichzeitig zum letzten Mal werden die drei Wissenschaftler gemeinsam für ihre Arbeiten geehrt, die zur

* Übersetzung der Verf.

Kernspaltung geführt haben. Die Physikerin ist die erste Frau, die diesen angesehenen Preis erhält.
Lise Meitner freut sich, doch »sind die Gefühle etwas gemischter Art. Aber in gewisser Hinsicht habe ich doch eine Art Freude darüber.« In Lise Meitners Leben kommt diese Anerkennung ihrer Arbeit vor dem Zweiten Weltkrieg sehr spät, fast zu spät. Sie ist zu alt und krank, um nach Wien zu reisen. Sie schickt Otto Robert Frisch, der den Preis in Empfang nimmt. Sie kann nicht mehr die Früchte einer solchen Auszeichnung ernten, die einem Wissenschaftler neben dem Geld auch immer viele Einladungen zu Vorträgen einbringt.
Ein Vertreter der amerikanischen Atomenergiebehörde läßt es sich nicht nehmen, die »old lady« der Atomphysik nach der offiziellen Feier in Wien noch in Cambridge aufzusuchen. Er möchte ihr den Preis doch persönlich überbringen. Von einem Blatt liest Lise Meitner mit leiser, gebrochener Stimme eine kleine Dankesrede ab, die groß und deutlich getippt wurde. Sie sitzt in einem Lehnstuhl, ihr Rücken ist stark gebeugt, sie wirkt noch kleiner und zerbrechlicher, als sie eh schon ist.
In ihren zwei letzten Lebensjahren läßt Lise Meitners Kraft stetig nach. Sie kann nur noch langsam und mit kleinen Schritten gehen. Nachdem sie mehrere kleine Schlaganfälle erlitten hat, macht ihr das Sprechen Mühe. Die Worte und insbesondere die Namen selbst der Nahestehendsten fallen ihr oft nicht ein. Manchmal kann man nicht herausfinden, was sie eigentlich sagen will. Aber sie scheint sich nicht viel daraus zu machen. Sie vergißt sofort wieder, was sie wollte. Sie liest kaum noch und sitzt meistens in ihrem Sessel. Wenn ihr Neffe und dessen Frau sie besuchen und etwas erzählen, hört sie mit Aufmerksamkeit zu und scheint das meiste aufzufassen. Nach ein paar Minuten hat sie es aber wieder vergessen. Das ist sehr traurig mitanzusehen, aber sie leidet nicht darunter. Sie hat keine Schmerzen und träumt den ganzen Tag vor sich hin. Wenn es nicht regnet, sitzt sie ein paar Stunden im Garten. Im Herbst 1967 bricht sich Lise Meitner bei einem Sturz den Hüftknochen, erholt sich aber nochmals.
Im Sommer 1968 stirbt Otto Hahn in Göttingen an Herzversagen. Otto Robert Frisch und seine Frau erzählen Lise Meitner nichts

davon. Sie überlebt ihren alten Kollegen um drei Monate. Ihr Leben geht in einem Pflegeheim langsam und friedlich zu Ende: Sie schläft am 27. Oktober kurz nach Mitternacht ein. Ihren 90. Geburtstag erlebt sie nicht mehr. Begraben wird sie auf eigenen Wunsch in einem Kirchgarten in Südengland neben ihrem jüngsten Bruder Walter.

Exkurs

Ich fürchte, sie gelingt doch

Zur Geschichte der Atombombe
1939–1945

Im Jahre 1939 ist es kein Geheimnis mehr: Otto Hahns Entdekkung hat eine Atombombe möglich gemacht.
Nachdem Lise Meitner und ihr Neffe Otto Robert Frisch den Vorgang physikalisch erklärt haben, fanden andere Wissenschaftler durch Versuche schnell heraus, daß bei der Uranspaltung eine »Kettenreaktion« entstehen kann: Wird ein Urankern geteilt, entsteht auch Energie in Form von freigesetzten Neutronen. Diese ungeladenen Atombausteine dringen in neue Kerne ein, spalten diese, weitere Neutronen fliegen heraus und so weiter ... Am Ende steht der große Knall, die 1939 für »möglich« erachtete Atombombe.
Der nach Amerika emigrierte Physiker Leo Szilard glaubt an die Machbarkeit dieser neuen schrecklichen Waffe. Den in Deutschland arbeitenden Atomforschern wie Otto Hahn, Werner Heisenberg und Carl Friedrich von Weizsäcker trauen er und andere das Fachwissen und die Fähigkeit allemal zu. Und deshalb fürchtet der gebürtige Ungar Szilard nur eines: Was passiert, wenn Adolf Hitler als erster diese Bombe bauen läßt und die Welt erpreßt? Szilard handelt. Er verfaßt zusammen mit zwei Kollegen einen Brief an den amerikanischen Präsidenten Roosevelt. Die Naturwissenschaftler wollen auf die Möglichkeit einer Atombombe aufmerksam machen. Um ihrem Schreiben mehr Gewicht zu verleihen, bitten die Verfasser den berühmten Albert Einstein um seine Unterschrift. Der seit 1933 in den Vereinigten Staaten lebende Physiker zögert, schließlich ist er überzeugter Pazifist. Doch er zaudert nicht lange, auch er möchte unter allen Umständen verhindern, daß Hitler allein in den Besitz dieser Waffe kommt. Einen Monat vor dem Kriegsbeginn in Europa, im August 1939, geht der Brief auf den Weg.

Den amerikanischen Präsidenten Roosevelt erreicht der Brief über einen Berater erst im Oktober 1939. Der Präsident antwortet sehr kurz, er scheint dem Schreiben keine besondere Bedeutung beizumessen, setzt aber eine Studienkommission ein. Am 7. März 1940 weist Einstein in einem zweiten Brief nochmals auf die Gefahr einer Atombombe hin. Zwei Jahre lang passiert wenig. Die Engländer und Amerikaner beschließen lediglich eine Zusammenarbeit im Bereich der Atomphysik. Und im Jahre 1941 zeigt Enrico Fermi endgültig, daß die Atombombe kein physikalisches Hirngespinst ist.

Lise Meitner kommentierte diese Zeit später:

»Es ist ein unglücklicher Zufall, daß diese Entdeckung [die Kernspaltung] in die Zeit der Kriegsjahre gefallen ist. Verteidigungsnotwendigkeiten auf der einen Seite, Angriffswünsche auf der anderen Seite, haben das Streben der fachkundigen Wissenschaftler auf das Ziel konzentriert, die neuentdeckte Energiequelle in den Dienst des Krieges zu stellen, ein Streben, das zur Konstruktion der Atombombe geführt hat.«

Dieses »Streben« beginnt mit aller Macht im Sommer des Jahres 1942. Nach dem japanischen Überfall auf den amerikanischen Stützpunkt Pearl Harbour ist Amerika in den Krieg in Asien eingetreten. Die Lage spitzt sich zu, als Roosevelt das Kernforschungsprogramm dem Militär unterstellt. Leiter wird der General Leslie Groves, ein Macher. Sein Büro liegt in Manhattan, der Deckname des Geheimprojektes lautet »Manhattan Engineer District«, kurz Manhattan-Projekt genannt.
Der wissenschaftliche Manager ist der Physiker Robert Oppenheimer*, ein brillanter Denker. Sein Leitspruch: »Wenn etwas technisch verlockend ist, dann macht man es auch.« Es fällt »Oppie« nicht schwer, die fähigsten Wissenschaftler der damaligen Zeit für das Atombombenprojekt zu gewinnen. Oppenheimer kann begeistern und überzeugen. Viele der Physiker, Chemiker und Techniker hatte Hitler aus ihrer europäischen Heimat vertrieben, und so leisten sie gerne einen Beitrag, um den Diktator

* Robert Oppenheimer (1904–1967) widersetzt sich später (1953) dem Bau der Wasserstoffbombe. Er gerät dadurch in den Verdacht, eine kommunistische Gesinnung zu haben. Ein Regierungsausschuß verhört ihn, er wird zum »Fall Oppenheimer«. Die US-Regierung untersagt seine weitere Beteiligung an geheimen Projekten.

unschädlich zu machen. Viele der Wissenschaftler lockte auch – wie Oppenheimer sehr richtig erkannt hat – die technische Herausforderung.

Die Forscher leben und arbeiten in Los Alamos, im amerikanischen Bundesstaat Neu-Mexiko. Um ein altes einsames Internat herum hat der General Holzbaracken errichten lassen, alles erinnert an ein komfortables Gefängnis. Das Gelände ist abgeriegelt, Post und Ausgang werden überwacht und kontrolliert. Nichts soll von dem Manhattan-Projekt nach außen dringen.

Auch Otto Robert Frisch, Lise Meitners Neffe, arbeitet in Los Alamos. Er ist begeistert von der Atmosphäre im Forscher-Lager:

»Es war angenehm zu wissen, daß es möglich war, abends in irgendeine Richtung loszugehen, an die erstbeste Tür zu klopfen und dort interessante Leute zu treffen, die musizierten oder anregende Konversation führten. Nie habe ich eine kleine Stadt mit so einem breiten Spektrum von intelligenten und kultivierten Bewohnern gesehen.«

Fast gerät in Vergessenheit, daß sie hier an einer Waffe, der Atombombe, bauen. Den gefährlichen Versuch, die kritische Uranmenge herauszufinden, bei der eine kontrollierte Kernexplosion beginnt, nennen die Wissenschafter: »Den Drachen am Schwanz kitzeln«.

Los Alamos ist das Kernstück, das Hirn des Manhattan-Projekts. An dem gesamten Unternehmen sind zeitweise bis zu 200000 Menschen beteiligt, quer durch die USA, in Fabriken, Büros, Labors und Bergwerken. Kaum einer weiß, für was er arbeitet.

Auch die alten Freunde Lise Meitners, James Franck und Niels Bohr, forschen in Los Alamos. Warum ist sie nicht dabei? Otto Robert Frisch betont später immer wieder, daß seine Tante alle Angebote abgelehnt habe, an der Atombombe mitzuarbeiten. Wie diese »Angebote« aussahen, wer sie Lise Meitner gemacht hat, wissen wir nicht. Während in Amerika fieberhaft geforscht wird, sitzt die Physikerin allein in ihrem Stockholmer Exil. Lise Meitner wünscht sich nur eines:

»Die neu erschlossene Energiequelle möchte nur zu friedlichen Zwecken ausgenützt werden. Während des Krieges pflegte ich zu meinem Stockholmer Freund Oskar Klein zu sagen: ›Ich hoffe, die Konstruktion einer Atombombe gelingt nicht, aber oft fürchte ich, sie gelingt doch.‹ Meine Furcht war berechtigt.«

Im November 1944 marschieren amerikanische Truppen in Straßburg ein. Sie beschlagnahmen die Papiere der dort tätigen deutschen Atomforscher und befragen die Physiker. Im April 1945 werden die Wissenschaftler, darunter auch Otto Hahn, in England interniert. Nun steht endgültig fest: Die Deutschen haben keine Atombombe, sie bauten nicht einmal daran, sie sind meilenweit zurück. Die »Angst vor der deutschen Atombombe«, die so viele zur Mitarbeit im Manhattan-Projekt getrieben hat, zerplatzt wie eine Seifenblase. Im Mai 1945 kapituliert Nazi-Deutschland.
Trotzdem forschen die Männer in Los Alamos weiter. Das Manhattan-Projekt steht kurz vor dem Abschluß, die Militärs haben längst das Sagen und nur eine Angst, daß der Krieg zu Ende geht, bevor die Bombe gebaut ist. Sie wollen nicht nur die Atombombe, sie wollen sie auch abwerfen. Wenn nicht auf Deutschland, dann woanders. Japan, das immer noch mit Amerika im Krieg liegt, kommt ins Gespräch.
Im Juni 1945 sprechen sich sieben Wissenschaftler, die in Los Alamos dabei sind, gegen die Abwurfpläne aus. Weil James Franck einen Bericht für den amerikanischen Kriegsminister als erster unterzeichnet, erhält das Dokument den Namen »Franck-Report«. Die Unterzeichner fordern, den ersten Atombombentest vor der internationalen Öffentlichkeit durchzuführen. Ihre Begründung lautet:

»Wenn die Vereinigten Staaten das erste Land wären, welches diese neuen Mittel zur rücksichtslosen Zerstörung der Menschheit anwendete, würden sie auf die Unterstützung der Welt verzichten, den Aufrüstungswettlauf beschleunigen und die Chancen für ein künftiges Abkommen zur Kontrolle derartiger Waffen zunichte machen.«

Diese Gedanken und Befürchtungen finden unter den Wissenschaftlern eine breite Mehrheit.
Doch die »starken und klugen Argumente«, so schätzt Lise Meitner den Franck-Report ein, verhallen ungehört. Am 16. Juli 1945 explodiert die erste Atombombe in einer trostlosen Ebene in Neu-Mexiko, der die spanischen Eroberer den Namen »Jornada del Muerto«, Reise des Todes, gaben. Als der Atomblitz den Morgenhimmel erhellt, sind die Beobachter wie gelähmt, begeistert und erschrocken zugleich. Robert Oppenheimer erinnert sich an einen heiligen Gesang der indischen Hindus. Eine Zeile lautet: »Ich bin der Tod, der alles raubt ...«

Nach diesem erfolgreichen Test geht alles sehr schnell. Jetzt befehlen die Militärs, und der neue amerikanische Präsident Truman genehmigt die Abwurfpläne.
Es ist aus heutiger Sicht sehr zweifelhaft, ob dadurch der Krieg in Asien soviel schneller beendet wurde. Denn schon vor den Atombombenabwürfen war Japan am Ende und bereit zu Kapitulationsverhandlungen, wenn die Vereinigten Staaten einen Schritt auf die Gegner zu gemacht hätten.
Am 6. und am 9. August 1945 fallen Atombomben auf die japanischen Städte Hiroshima und Nagasaki und machen sie dem Erdboden gleich. Hunderttausende von Menschen sterben und werden zu Krüppeln. Japan kapituliert.
Im November des Jahres 1945 veröffentlicht der Nobelpreisträger Harold Urey in einer Wissenschaftszeitschrift einen Aufsatz mit dem Titel »Das Atom und die Menschheit«. Der amerikanische Chemiker zieht Schlußfolgerungen und stellt Forderungen, die heute noch genauso aktuell sind wie damals, die damals nicht erfüllt wurden und heute noch unerfüllt sind:

- Wenn Atombomben in einem Land hergestellt werden, dann können sie in allen Industrienationen der Welt hergestellt werden.
- Wenn Atombomben in allen diesen Ländern gebaut werden, dann werden wir den Rest unserer Tage mit der tödlichen Furcht leben, daß sie eingesetzt werden, und – ohne Zweifel – sie werden im Laufe der Zeit auch benutzt.
- In keinem Land der Erde dürfen Atombomben hergestellt werden, und keine Regierung – egal welcher Art – darf Atombomben besitzen.
- Der friedliche Nutzen der Kernenergie ist völlig unwichtig, solange nicht die Gefahr der Atombombe für immer von der Erde verbannt ist.

Am 29. August 1949 zündet die Sowjetunion ihre erste Atombombe. Amerika kann es nicht fassen. Die Rüstungsspirale beginnt sich zu drehen ...

Ehrungen und Preise von Lise Meitner

1924 Leibniz-Medaille der Berliner Akademie der Wissenschaften

1925 Ignaz-L.-Lieben-Preis der Akademie der Wissenschaften, Wien

1926 Korrespondierendes Mitglied der Göttinger Akademie der Wissenschaften

1928 Ellen-Richards-Preis aus den USA (geteilt mit Ramart Lucas in Paris)

1941 Mitglied der Akademie der Wissenschaften von Göteborg

1945 Mitglied der Schwedischen Akademie der Wissenschaften

1946
- Mitglied der Norwegischen Akademie der Wissenschaften
- Mitglied der Royal Society von Dänemark
- Frau des Jahres *(Woman of the Year)* in den USA
- Würdigung durch die »National Conference of Christians and Jews«, USA
- Vier amerikanische Ehrendoktorwürden: Rochester-Universität, Rutgeres University, Smith College, Adelphe College

1947
- Vilma-Preis
- Preis für Naturwissenschaften der Stadt Wien

1948
- Korrespondierendes Mitglied im Ausland der Österreichischen Akademie der Wissenschaften
- Auswärtiges Wissenschaftliches Mitglied der Max-Planck-Gesellschaft

1949
- Max-Planck-Medaille der Deutschen Physikalischen Gesellschaft (mit Otto Hahn)
- Korrespondierendes Mitglied der Deutschen Akademie der Wissenschaften

1950 Ehrendoktor von Stockholm

1955
- Otto-Hahn-Preis für Chemie
- Ausländisches Mitglied der englischen Royal Society

1956
- Fünfzig Jahre Doktor-Diplom – Feier in Wien
- Ehrendoktor der Freien Universität Berlin

1957 Orden Pour le mérite für Wissenschaften und Künste (Friedensklasse) der Bundesrepublik Deutschland

1958 Ehrenbürgerschaft der Stadt Wien

1960 – Mitglied der Amerikanischen Akademie der Wissenschaften
– Wilhelm-Exner-Medaille, Wien

1962 Dorothea-Schlözer-Medaille, Göttingen

1966 Enrico-Fermi-Preis der Vereinigten Staaten von Amerika (mit Otto Hahn und Fritz Straßmann)

1967 Österreichische Auszeichnung für Wissenschaft und Kunst

Quellenverzeichnis

Folgende Personen haben mir bei der Materialsuche geholfen und Informationen zu Lise Meitner gegeben:

Dr. P. Csenders, Wiener Stadt- und Landesarchiv, Wien
Anna Greta und Sigvard Eklund, Wien
Professor Arnold Flammersfeld, Göttingen
Professor Rudolf Fleischmann, Erlangen
Ulla Frisch, Cambridge
Professor Berta Karlik, Wien
Dr. Marion Kazemi, Bibliothek und Archiv der Max-Planck-Gesellschaft, Berlin
Jost Lemmerich, Berlin
Lisa Lisco, Brookline, USA
Marie-Luise Rehder, Göttingen
Marion Stewart, Archiv des Churchill College, Cambridge

Die Erlaubnis, den Nachlaß Lise Meitners (Meitner Papers) im Churchill College einzusehen und zu zitieren, erteilten mir freundlicherweise Frau Ulla Frisch, Cambridge, und »The Masters, Fellows and Scholars of Churchill College in the University of Cambridge«.

Für die Beratung in physikalischen Fragen danke ich Herrn Professor Günther Clausnitzer, Strahlenzentrum der Universität Gießen.

Briefe von Lise Meitner

- an Otto Hahn bis zum Jahre 1933: Bibliothek und Archiv zur Geschichte der Max-Planck-Gesellschaft, Berlin (im folgenden abgekürzt MPG)
- an Arnold Flammersfeld: Privatbesitz Arnold Flammersfeld, Göttingen
- an Berta Karlik und Stefan Mayer: Institut für Radiumforschung und Kernphysik, Wien, Österreich
- alle anderen Briefe: Archiv des Churchill College, Cambridge, England (im folgenden abgekürzt CC)

Veröffentlichungen von Lise Meitner (nach Jahreszahlen geordnet)

- *Über den Aufbau des Atominnern.*
  In: Die Naturwissenschaften, 15. Jahrg., Heft 16, 1927, S. 370f.
- *Wärmeleitung im inhomogenen Körper* (Dissertation).
  Sitzungsberichte der kaiserlichen Akademie der Wissenschaften in Wien, Mathem. naturw. Klasse Bd. CXV, Abt. IIa, Febr. 1906, S. 125f.
- *Otto Hahn zum sechzigsten Geburtstag* (8. März 1939).
  In: Current Science N. 5, Mai 1939, S. 204f.
- *Das Atom.*
  In: Neue Zeitung vom 14. Januar 1946 (MPG)
- *Presseerklärung der Catholic University of America.*
  31. Januar 1946 (CC)
- *Rede auf dem American Brotherhood Luncheon.*
  6. Juni 1946 (CC)
- *Otto Hahn zum 8. März 1949.*
  In: Zeitschrift für Naturforschung, Band 4a, Heft 2 (1949)
- *Otto Hahn.*
  In: Angewandte Chemie, 64. Jahrg., Heft 1, 1952, S. 1f.
- *Frauen in der Wissenschaft.*
  Manuskript einer Hörfunksendung für Radio Bremen, 10. Dezember 1953 (CC)
- *Einige Erinnerungen an das Kaiser-Wilhelm-Institut für Chemie in Berlin-Dahlem.*
  In: Die Naturwissenschaften, 41. Jahrg., Heft 5, März 1954, S. 97f.
- *Atomenergie und Frieden.*
  In: Schriftenreihe der Österreichischen Unesco, Wien, 1954, S. 11f.
- *Otto Hahn, Der Entdecker der Uranspaltung.*
  In: H. Schwert/W. Spangler (Hrsg.): Forscher und Wissenschaftler im heutigen Europa, 1955, S. 149ff.
- *Irène Joliot-Curie.*
  In: Physikalische Blätter, 12. Jahrg., Heft 6, 1956, S. 269
- *Kein Anteil an der Atombombe.*
  In: Carl Seelig (Hrsg.): Helle Zeit – Dunkle Zeit – In memoriam Albert Einstein, 1956, S. 113
- *Max-Planck als Mensch.*
  In: Die Naturwissenschaften, 45. Jahrg., Heft 17, (1958), S. 406f.
- *Über einige Probleme in der Ausnützung der Atomenergie.*
  In: Mädchenbildung und Frauenschaffen, 8. Jahrg., Heft 12, Dezember 1958, S. 533f.
- *The Status of Women in the Professions.*
  In: Physics Today, 13. August 1960, S. 17f.

– *Wege und Irrwege zur Kernenergie.*
In: Naturwissenschaftliche Rundschau, 16. Jahrg., Heft 5, Mai 1963, S. 167f.
– *Otto Hahn zum 85. Geburtstag.*
In: Die Naturwissenschaften, 51. Jahrg., Heft 6, 1964, S. 9
– *Lise Meitner looks back.*
In: International Atomic Energy Agency Bulletin Vol. 6, N. 1, Januar 1964, S. 4f.

Interviews mit Lise Meitner

– *Gespräch mit Lise Meitner.*
In: Kontakte, Nummer 7, Hamburg 1953, Mitteilungen vom Kongreß für die Freiheit der Kultur, S. 7f. (MPG)
– Interview-Abschrift (31 Seiten) aus dem Jahre 1962
Interviewer: Otto Robert Frisch und Thomas S. Kuhn (CC)
– Korrespondentenbericht des International News Service vom 25. September 1946 (CC)

Ausgewählte Veröffentlichungen zu Lise Meitner

Boerters, K.E./J. Lemmerich: *Gedächtnisausstellung zum 100. Geburtstag von Albert Einstein, Otto Hahn, Max von Laue, Lise Meitner* (Katalog).
Physik-Kongreß-Ausstellungs- und Verwaltungs-GmbH. Bad Honnef, 1979

Deborah Crawford: *Lise Meitner – Atomic Pioneer.*
New York 1969

Renate Feyl: Lise Meitner (1878–1968).
In: Der lautlose Aufbruch – Frauen in der Wissenschaft. Darmstadt, 1981, S. 162f.

Otto Robert Frisch: *Lise Meitner, 1878–1968, Elected. For. Mem. R.S.* 1955.
Biographical Memoirs of Fellows of the Royal Society, 6 (1970), S. 405ff.

Otto Robert Frisch: *A Nuclear Pioneer Lecture Honouring Lise Meitner.* (Lecture Presented at the Annual Meeting of the Society of Nuclear Medicine). Miami Beach, USA, Juni 1973

Otto Robert Frisch: *Woran ich mich erinnere.*
Stuttgart 1981

Dietrich Hahn (Hrsg.): *Otto Hahn, Erlebnisse und Erkenntnisse.*
Düsseldorf/Wien 1975

Dietrich Hahn: *Otto Hahn, Begründer des Atomzeitalters.*
München 1979

Otto Hahn: *Vom Radiothor zur Uranspaltung.*
Eine wissenschaftliche Selbstbiographie. Braunschweig 1962

Otto Hahn: *Mein Leben.* München 1968

Berta Karlik: *Lise Meitner.*
Ein Nachruf. In: Almanach der österreichischen Akademie der Wissenschaften, 119. Jahrg., 1969, S. 345ff.

Fritz Krafft: *Lise Meitner und ihre Zeit.*
Zum hundertsten Geburtstag der bedeutenden Naturwissenschaftlerin. In: Zeitschrift für Angewandte Chemie 90, 876–892 (1978)

Fritz Krafft: *Lise Meitner.*
In: Im Schatten der Sensation – Leben und Wirken von Fritz Straßmann, Weinheim 1981, S. 165ff.

Fritz Krafft: *Lise Meitner und die Entdeckung der Kernspaltung.*
In: Mitteilungen der österreichischen Gesellschaft für Geschichte der Naturwissenschaften, Jahrg. 4, Heft 1, 1984, S. 1f.

Elisabeth Schiemann: *Freundschaft mit Lise Meitner.*
In: Neue Evangelische Frauenzeitschrift, 3. Jahrg., Heft 1, Januar/Februar 1959

Allgemeine Veröffentlichungen

- Renate Feyl: *»Sein ist das Weib, Denken der Mann« – Ansichten und Äußerungen für und wider den Intellekt der Frau von Luther bis Weiniger.*
  Darmstadt und Neuwied, 1984
- Armin Hermann: *Die Jahrhundertwissenschaft – Werner Heisenberg und die Physik seiner Zeit.*
  Stuttgart, 1977
- Armin Hermann: *Wie die Wissenschaft ihre Unschuld verlor – Macht und Mißbrauch der Forscher.*
  Stuttgart, 1982

– Heinrich Jaenicke: *Die Zauberlehrlinge – Wie die Welt in die Hände der Physiker fiel – die Geschichte der Atombombe.*
In: STERN, Nr. 32 bis 40, 1985

– Robert Jungk: *Heller als tausend Sonnen – Das Schicksal der Atomforscher.*
Hamburg, 1983

– Horst Rademacher: *»Ich bin der Tod, der alles raubt . . .« – Vor vierzig Jahren wurde in Neu-Mexiko die erste Atombombe gezündet – Ein neues Zeitalter brach an.*
In: DIE ZEIT, Nr. 29, 12. Juli 1985, S. 25f.

Bildnachweis

Archiv des Churchill College, Cambridge, England
Seite 53, 55, 57, 59 oben

Ulla Frisch, Cambridge, England
Seite 52

Bibliothek und Archiv zur Geschichte der
Max-Planck-Gesellschaft, Berlin
Seite 54, 56, 58, 59 unten

Titelzeichnung von Willi Glasauer unter Verwendung eines Fotos aus dem Churchill-College, Cambridge, England

Eine umstrittene Dichterin

Frederik Hetmann
Schlafe, meine Rose
Die Lebensgeschichte der Elisabeth Langgässer.
Mit neun Fotografien von David Förtsch.
Reihe Biographie.
112 Seiten, Broschur.
ISBN 3-407-80668-X

Das Leben der Elisabeth Langgässer, geb. 1899, wurde in besonderem Maße von ihrem deutsch-jüdischen Schicksal geprägt. Im Mittelpunkt steht die Geschichte der jungen katholischen Lehrerin, die 1929 ein uneheliches Kind zur Welt bringt, dessen Vater Jude ist. Hetmann hat ihre Töchter, ihre Freunde, Bekannte und Augenzeugen befragt und verfolgt so den schweren Lebensweg der Langgässer durch die gesamte Kriegs- und Nachkriegszeit. Durch ihre Romane »Das unauslöschliche Siegel« und »Märkische Argonautenfahrt« wurde sie eine der berühmtesten, aber wegen ihres radikal-theologischen Ansatzes auch eine der umstrittensten Autorinnen der Nachkriegsliteratur. Hetmann beleuchtet dabei auch jene Diskussionen, die Elisabeth Langgässer in der kurzen, ihr noch verbliebenen Lebensfrist nach 1945 mit jungen Menschen um Glauben und Unglauben, Schuld und Verantwortung führte.

BELTZ & Gelberg Biographie

86023-31.10.-162